中國文字學

潘重規　著

三民書局

中國文字學

目次

第一章 緒論

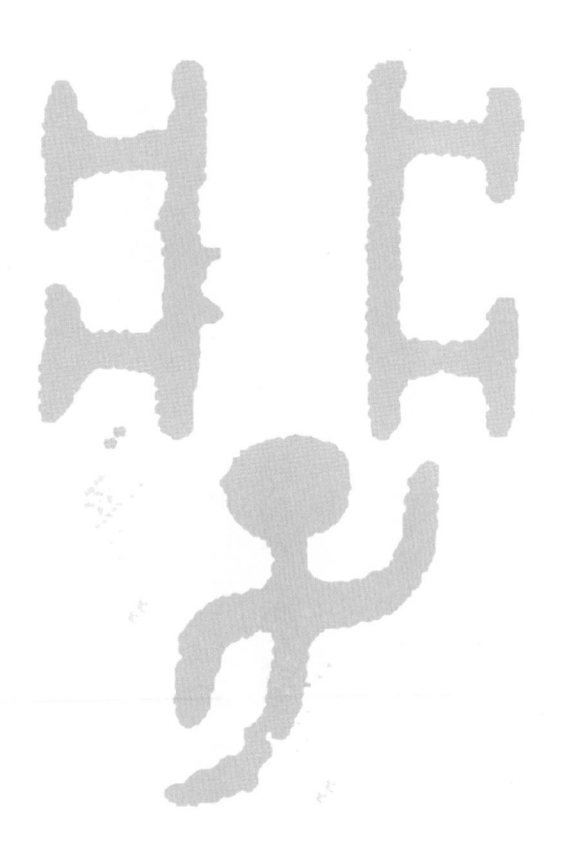

第一節　中國文字學的名義

中國人對文字的研究，非常之早，而文字學這一名稱卻成立得很遲。遠在周代已產生了《爾雅》和《史籀篇》一類的字書；而文字這一門學問，《周禮》也列在六藝之中，成為保氏教學生的一種科目。《周禮・保氏》的原文說：

保氏掌諫王惡，而養國子以道，乃教之六藝：一曰五禮，二曰六樂，三曰五射，四曰五馭，五曰六書，六曰九數。

後代稱「禮、樂、射、御、書、數」為六藝即本於此。至於稱《詩》、《書》、《禮》、《樂》、《易》、《春秋》為六藝乃是漢儒後起的名詞。本來「藝」字，古文只作「埶」，埶字从坴从丮（坴是土塊，丮是執持），是種植的意思，由種植的意思，引伸為種類的意思；所以「六藝」猶言「六種」。禮、樂、射、御、書、數和《詩》、《書》、《禮》、《樂》、《易》、《春秋》都稱為六藝，等於說是六種學科，不過六種學科的內容隨時代而有差異罷了。周代小學教授六藝，是從識字開始，所以漢人便稱文字學為小學。《大戴禮・保傅篇》說：

古者年八歲而出就外舍，學小藝焉，履小節焉。束髮而就大學，學大藝焉，履大節焉。

出就外舍就是入小學。束髮就是成童十五歲以上。所以班固《白虎通》說：

八歲，入小學；十五，入大學。

至於伏生《尚書大傳》說：

公卿之大子，大夫元士嫡子，年十三，始入小學，見小節而踐小義；年二十而入大學，見大節而踐大義。

又說：

十五始入小學，十八入大學。

這些都是因學子環境天資的不同，而有就學或早或遲的差別。至於教學的程序，《禮記・內則》說：

六年，教之數與方名。……九年，教之數日。十年，出就外傅，居宿於外，學書記。……十有三年，學樂、誦《詩》、舞〈勺〉。成童，舞〈象〉、學射御。二十而冠，始學禮。

書與方名都是文字，即數計也還離不了文字。學習認字記數，幼童是可以辦到的，至於射御舞蹈，就非年齡稍長，體力稍強，不能勝任。因此學童初學的科目便是文字。《漢書・食貨志》說：

八歲，入小學，學六甲五方書計之事。

《白虎通》也說：

八歲毀齒，始有識知，入學，學書計。

這些都是兒童初學文字的說明。由於文字是古代小學最先教學的學科，因此漢人稱文字之學為小學。劉歆辨章學術，簿錄圖書，把古今書籍分類登記，成功了中國最早的目錄書，名叫《七略》，其中第一部份便是〈六藝略〉。〈六藝略〉又分為「易」、「書」、「詩」等九種，其中最末一種便是小學類；小學類所著錄的《史籀篇》、《八體六技》、《倉頡篇》、《凡將》、《倉頡》、《別字》等書，都是文字學的著作。他為甚麼要稱文字學為小學呢？大概是因為文字一詞起源很晚，尤其是「字」這一個字古人都不用為文字的意思。鄭康成注解《周禮・外史》「掌達書名於四方」說：「古曰名，今曰字。」又注解《儀禮・聘禮》記「百名以上書於策」說：「名，書文也，今謂之字。」又注解《論語》「必也正名乎」說：「正名，謂正書字也。古者曰名，今世曰字。」《左傳》裡有三處解釋文字的構造：「止戈為武」、「反正為乏」、「皿蟲為蠱」，也都只說「於文」而不說「於字」。因此漢儒不稱字學而稱為小學。雖然他們也可稱文字學為「名學」或「文學」或「書學」，但是又與〈諸子略〉的「名家」或〈詩賦略〉的「文學之士」及六藝《詩》《書》之「書」相混淆。古今名詞的涵義，往往隨著習慣而擴張或縮小，所以漢儒稱文字之學為小學，也不過沿襲一般稱名的通例罷了。從劉歆《七略》以後，晉代荀勗作《中經簿》，宋王儉作《元徽四部書目》，唐人撰《隋書・經籍志》，乃至清朝人的《四庫全書總目》，都稱文字一類的書籍為小學。至於文字一詞，最初見於秦始皇二十八年（紀元前二一九年）的琅邪臺刻石刻辭「同書文字」一句話。（說見《日知錄》

卷二十二「字」條，段玉裁認為是中國載籍言字之始。）後來連用文字二字作為書名的最早應該是東漢許慎的《說文解字》，以後有晉朝王義的《文字要紀》、王愔的《文字志》、梁朝阮孝緒的《文字集略》等書。文字一詞，漸漸的通行。不過正式稱小學為文字學，較早有宋朝王應麟，最近還是清朝末年章太炎先生主講國學時明白提出來的名稱。

我們說明了文字學名稱的來源，現在我們要問文字學的定義。本來每一個文字都具有字形、字義、字音三個部份，所以《隋書．經籍志》「小學」一類分為訓詁、體勢、聲韻三項。「訓詁」是字義，「體勢」是字形，「聲韻」是字音。到了宋朝王應麟《玉海》一書，把小學類別說得更明白，它說：

文字之學有三：其一、體製，謂點畫有衡從曲折之殊；《說文》之類。其二、訓詁，謂稱謂有古今雅俗之異；《爾雅》、《方言》之類。其三、音韻，謂呼吸有清濁高下之不同；沈約《四聲譜》及西域反切之類。

清朝人修《四庫全書》，就把小學書分為訓詁、字書、韻書三類。依據文字具備形、音、義三條件而論，文字之學是應該包括訓詁、聲韻、形體三方面。不過近代學術研究日益發達，所以學術分類也日益精密，字音、字義的研究，發展為獨立的科學，已經不是文字學所能賅括。所以我們現在講文字學不包括訓詁學和聲韻學，而是要完成一門獨立有系統的文字之學。所以我們替這門學科下一定義：中國文字學(The Science of Chinese Characters)是研究中國文字的科學。它的任務在說明中國文字發生、演變的真相和系統，解釋中國文字構造的法則和條理，從而指出整理中國文字的方法和途徑。

第二節　中國文字學的範圍

我們認清中國文字學的定義，然後可以劃清中國文字學的範圍。研究中國文字學的對象，當然是中國文字；而駕馭一切中國文字的乃是構造文字的法則和條理。我們觀察古代和現代的一切中國文字，我們可以分成兩個大部門：第一，是構造中國文字的法則和條理——可以說是中國文字的理論學；第二，是中國古今的一切文字，此中又分二類：一類是經過嚴格整理的字書所載的文字，如《說文》之類——可以說是中國的標準文字；一類是未經整理，自由應用的文字，例如古代和現代書寫或印刷的金石、甲骨、法帖、簡牘以及通俗抄本——可以說是中國的應用文字。所謂標準文字，是符合製造時的原意，經專家根據史實整理編定收錄在標準字書的文字。譬如現存最早的標準字書——《說文解字》——所收的文字，便是每一字都能說明它的造字的本意。北齊顏之推說得好：

客有難主人曰：「今之經典，子皆謂非，《說文》所言，子皆云是，然則許慎勝孔子乎？」主人撫掌大笑應之曰：「今之經典，皆孔子手跡耶？」客曰：「今之《說文》皆許慎手跡乎？」答曰：「許慎檢以六文，貫以部分，使不得誤，誤則覺之。孔子存其義而不論其文也。……大抵服其書隱括有條例，剖析窮根源，鄭玄注書，往往引其為證。若不信其說，則冥冥不知一點一劃有何意焉。」（《顏氏家訓・書證篇》）

因此清朝段玉裁認為《說文解字》是字書中最重要的一部書。他說：

自有《說文》以來，世世不廢，而不融會其全書者僅同耳食，強為注解者，往往眯目而道白黑。其他《字林》、《字苑》、《字統》，今皆不傳，《玉篇》雖在，亦非原書。要之，無此等書無妨；無《說文解字》，則倉、籀造字之精意，周、孔傳經之大指，薶縕不傳於終古矣。（〈說文解字後敘〉注）

《說文》所以有如此的重要，就是因為它所收的文字，都是經過專家的保存檢定，每一文字都可以說明構造的本意，每一文字都有傳統使用共同承認的紀錄，故可稱為標準的文字。至於古代甲骨、鐘鼎、印璽、貨幣、簡牘，以及後世的抄本、字帖、書札、符籙，乃至於現代的招牌、標語、傳單、油印講義上的種種文字，有的是為了美觀，筆畫更加繁複；有的為了方便，筆畫任意簡省；這許多文字，為應用而有所增損改易，故可稱為變體的文字。這些變體文字，有的是三代的古文字、有的是當世的新文字、有的是文人學士的手筆、有的是販夫走卒的塗鴉，其價值儘管有差異，但是站在文字學的立場，都有蒐集、整理、研究的必要。我們看《隋書・經籍志》「小學」類所著錄的文字學撰述，三《倉》、《說文》以後，繼承這一脈的有庾儼的《演說文》（庾儼始末未詳）、晉呂忱的《字林》、後魏楊承慶的《字統》、梁顧野王的《玉篇》等書，都是研究標準文字的著作。講古代字體的，有後漢衛敬仲的《古文官書》、晉衛恆的《四體書勢》、不著撰人的《古今八體六文書法》、蕭子政的《古今篆隸雜字體》，還著錄了秦始皇東巡會稽刻石文、一字石經、三字石經等石刻文字，這些都是近代人所稱的古文字學的材料。其他如服虔的《通俗文》、魏張揖的《古今字詁》、《雜字》（見〈唐志〉）、魏周成《雜字解詁》、魏李少通的《雜字要》、《今字辯疑》、顏之推的《訓俗文字略》，這些都是近代人所稱的俗文字學的材料。又有張揖的《難字》、《錯誤字》、吳朱育的《異字》、宋豫章太守謝康樂的《要字苑》、殷仲堪的《常用字訓》、隋王劭的《俗語難字》、不著撰人的《異字同音》、彭立的《文字辯嫌》、戴規的《辨字》，這些著作有的是注意通常應用的文字，有的是辨別通俗文字疑難錯誤，都是整理文字的重要工作。由這些遺著的目錄，可以看出從前人研究文字學的範圍。我們今天研究文字學，也應當認清它的範圍，從事於文字構造理論的確立，辨別文字正變的體製，然後纔能得著整理文字的正當途徑。

第三節　中國文字學的特質

世界最古的文字有三種：一是蘇馬利亞人和巴比倫人的楔形文字，二是埃及的圖畫文字，三是中國文字。中國文字是獨立發展起來的文字，它是自己民族全體的共同創作，它是自己民族全體的心靈結晶，中國文字最初是從圖畫發展起來的象形文字，其中偶然有一些跟埃及象形文字暗合，但是要說中國文字出自埃及文，除了少數學者的謬論，（十八世紀中葉，有法人De Guignes研究埃及文字。一七六〇年，發表論文一篇，題曰：〈由文字證中國為埃及殖民地論〉。其結論謂：「吾人相信埃及為字母之首創者，中國為埃及之殖民地，蓋華文義例，酷與埃及相似故也。」）是誰也不會相信的。我們的文字在它自由發展的過程中，跟埃及文字走著不同的道路。埃及的象形文字終於變成了拼音字母，而發展成為一種拼音文字。中國的文字卻以象形文字為基礎，而用一種獨創的方法把形、音、義三方面的關係巧妙地結合起來，成為世界上一個「有獨無偶」的豐富多采的文字體系。世界上所有原始繪圖文字，都已改為拼音文字，只中國文字還保存著它獨特的風格，我認為它有幾個最重要的特性：

㈠中國文字是形音雙衍的注音字而不是拼音字　文字是語言的符號，不能離開語言而獨立。中國語用一個單音節表示一個名物，一個意思；這和西方各國的語言用複音節是大不相同的。中國文字不變為拼音文字重要的原因即在於此。既然一個文字是一個音節，只需有一千多個聲音符號，就可以把這個民族的語音統統寫出來，又何必要另外一套的拼音方式！因此，我國原始的文字就一直沿用下來，一個方塊字，可以代表一個聲音，也可以代表一件事物，是形字，也是音字，所以中國文字是形音雙衍的文字。又因為單音節的關係，同音字特別的多。不但需要用耳聽，同時也需要用眼看。例如我們聽見一個「ㄍㄨㄥ」的音節，調子是陰平聲。我們用眼來看它的形狀，是工作的「工」？公私的「公」？功課的「功」？還是恭敬的「恭」？所以中國文字不但是耳治的音符，同時還是目治的意符。

㈡中國文字有統一的功能　因為中國文字是「意符」，需「目治」，靠著眼睛就可以辨認，所以它可以離開了讀音，無論古今方言聲和韻如何轉變，它的涵義可以不變，因此在綿長的歷史過程中，它能夠適應自己語音的萬變，因此發揮了同文的功能。中國幅員廣大，人口眾多，方言歧異，能夠維繫著幾萬萬人的精神，能夠了解五千年的歷史文化，共同勇往邁進，全靠我們的文字。我們中華民族能成為世界上悠久偉大的國家，統一的首功，只有我們目治的意符文字，可以當之無愧。

㈢中國文字是唯一具備高度藝術的文字　中國文字由圖畫發展而來，成了一種線條的文字，線條的結構是可以表現一種構圖美的。所以除了能夠記錄字音外，還可以成為一種高級的藝術品。我們看了殷周時代的刻辭和鐘鼎文字，發現許多雄傑秀美的作品。到了秦朝的李斯，就以小篆的書法傳名後世。此後，歷代都有著名的書法家，如漢代蔡邕的八分書、三國皇象的章艸、晉朝王羲之的行艸書、唐朝虞世南、歐陽詢、褚遂良、顏真卿、柳公權諸人的楷書，以及歷代的名家，不勝枚舉。在我們的藝術史上，書家與畫家齊名，無分軒輊。這樣的情形，又顯出了漢字的一個特點，因為其他民族的文字雖然也要講究書法的工拙，可是沒有那一個民族曾經把書法列為藝術的一門。還有，我們的文學遺產，駢文、律詩佔著很大的數量和比重。這類的文學作品，是用對句構成的文體，這種對句構造得精工，就同時表現內容和形式的對稱美，因而就成為一種藝術品。像這樣的藝術品，也是只有用漢字纔做得成的。

因為中國文字是特殊的，在一切進化的民族都用拼音文字的時期，它卻獨自應用一種本來含有意符的注音文字。我們既不能把它們和埃及、巴比倫等久已死亡的古文字一例看承，又不能把只有二十多個字母拼音的西方文字來比類。所以這一種西方人所不能理解的特殊的學科，我們只有把它叫做「中國文字學」(The Science of Chinese Characters)。（以下說本唐蘭《中國文字學》。）

文字學是研究文字的科學，在一個中國人看來，這個名詞是很恰當的。但由西方輸入的科學名詞，還沒有一個可以配合的名稱，普通所謂Philology，本是研究希臘拉丁古語的學科，我們只能把它譯做語言學，或者更確切一些，是古語言學。Etymology是語源學，Palaeography是古文字學，Hieroglyph是象形文字學，沒有一個字能相當於中國的文字學。

口上說的語言，筆下寫的文字，兩者顯然是不同的。因為西方人的語言和文字差不多一致，研究語言也就研究了文字，所謂古語言學或古文字學，有些人甚至於想把它叫做文獻學。所以，只有語言學(Science of Language)特別容易發展。反之，中國文字是注音的，語言和文字在很古的時期就已經不一致，從文字上幾乎看不到真實的語言；所以，在中國，幾乎可以說沒有語言學。但是，中國人把文字統一了古今的殊語，也統一了東西南北無數的分歧的語言。所以，從紀元以前就有了文字學，而且一直在發展。西方的語言學，中國的文字學，是兩個不同的學科，充份表現出兩種傾向不同的文字裡所造成的極明顯的差別。

有些學者把Philology叫做語言文字學或語文學，這是很錯誤的。文字學固然不能包括語言學，同樣，語言學也不能包括文字學。在文字學裡，不能研究到「果贏」的語源，「殷」讀為「衣」的失去韻尾n一類問題；但在語言學裡也不能研究到從「二」的字古文都從「一」，「卩」字本象人跽形一類的問題。每一種科學總應該有明晰的範圍，真正的語言學是在十九世紀建立的，中國的語言學剛在開始，我們相信它會有很大的發展，但千萬不要以為這一套新興的科學是萬能的，忘記了中國文字的特殊情形，把語言和文字的界限混淆了，而抹殺中國兩千年來固有的文字學。

第四節　中國文字學的簡史

中國文字起源很早，夠得上成為文字學也很早。我們從制度、教學、著述三方面來觀察，雖然古代文獻留存有限，我們可以看出在周代已經完成文字學的模形。《周禮・秋官・大行人》說：

王之所以撫邦國諸侯者，歲，徧存；三歲，徧覜；五歲，徧省；七歲，屬象胥，諭言語，協辭命；九歲，屬瞽史，諭書名，聽聲音；十有一歲，達瑞節，同度量，成牢禮，同數器，修法則。十有二歲，王巡守，殷國。

這一節記載是說周朝中央政府統治天下、整齊制度、團結人民的工作。關於語文方面，命令象胥、瞽史教導言語、辭令、文字、聲音，使得容易分歧的語言文字，不至於文字異形，言語異聲，而收到整齊劃一的功效。據鄭司農鄭玄的注解，象胥是通譯言語之官。《禮記・王制》說：

五方之民言語不通，嗜欲不同，達其志，通其欲。東方曰「寄」，南方曰「象」，西方曰「狄鞮」，北方曰「譯」。

可見周朝在廣大領域和眾多人民情況之下，早已建立了整齊語文的制度。

其次，《周禮・地官・保氏》教國子六書，鄭眾注說六書便是象形、會意等造字的法則。《左傳》所記的「止戈為武」、「反正為乏」、「皿蟲為蠱」，以及《韓非子・五蠹篇》所說的「倉頡之作書也，自環者謂之私，背私謂之公」。這些解釋字義的方法，都與六書的原則相合。可見周代已建立了造字的理論，而且用之於教學。

由於周代語文制度、教學方法的備具，所以小學類的著述，也有偉大的貢獻。關於訓詁方面的有《爾雅》十九篇，其中〈釋詁〉、〈釋言〉、〈釋訓〉三篇，後人認為是周公所撰；其餘〈釋親〉以下十六篇也是孔子門徒所纂。關於文字方面的，有《史籀》十五篇。班固《漢書・藝文志》說：「《史籀篇》者，周時史官教學童書也。」又說：「周宣王太史作大篆十五篇，建武時亡六篇矣。」《史籀》雖已久佚，但是東漢光武帝（西元二五－五六年）以前的人是看見的，班固也看到它的不全本。由這些遺下來的文獻，我們可以說：周代是文字學的開創時期。

文字在戰國時期相當紛亂，經過秦始皇統一了天下，同時也統一了文字。年代短促的帝國，被漢高祖取而代之以後，漢朝也繼續做些整理文字的工作。漢初人把秦代的小篆標準字體的《倉頡篇》（李斯作）、《爰歷篇》（趙高作）、《博學篇》（胡母敬作）三部書，合併為一部，統名叫做《倉頡篇》，拿來做教授學童的課本。以後武帝時有司馬相如作《凡將篇》，元帝時有史游作《急就篇》，成帝時有李長《元尚篇》，平帝時有揚雄《訓纂篇》，東漢有班固的《續訓纂》，這些都是繼續李斯《倉頡篇》的字書。同時，蕭何所定的律令，也很重視文字，《漢書・藝文志》引律令說：

太史試學童，能諷書九千字以上，乃得為史。又以六體試之，（六體可能是八體的誤字）課最者以為尚書御史、史書令史。吏民上書，字或不正，輒舉劾。

但是後來小學日漸廢弛，到了東漢中葉，情形非常惡劣。一般知識份子昧於文字源流，只知通俗使用的隸書，不知隸書是古文篆書的省體字；因為根據不正確的字體來解釋文字的意義，又根據不正確的意義去解釋經書、法律，使得學術非常紊亂。這種現象，許慎〈說文解字敘〉很清楚的說：

壁中書者，魯恭王壞孔子宅，而得《禮記》、《尚書》、《春秋》、《論語》、《孝經》。又北平侯張倉獻《春秋左氏傳》。郡國亦往往於山川得鼎彝，其銘即前代之古文，皆自相似。雖叵復見遠流，其詳可得略說也。而世人大共非訾，以為好奇者也，故詭更正文，鄉壁虛造不可知之書，變亂常行，以燿於世。諸生競逐，說字解經義，稱秦之隸書為倉頡時書。云：「父子相傳，何得改易！」乃猥曰：「馬頭人為長，（段注：謂馬上加人，便是「長」字，會意。曾不知古文小篆「長」字，其形見於九篇，明辨晳也。今馬頭人之字罕見，蓋漢字之尤俗者。）人持十為斗，（段注：今所見漢隸字，「斗」作「㪷」，與「升」字、「什」字相混，正所謂人持十也。）虫者屈中也。（段注：「蟲」从三虫，而往往假「虫」為「蟲」。許多云「蟲省聲」是也。但「虫」、「蟲」見十三篇，本象形字，所謂隨體詰詘。隸字只令筆畫有橫直可書，本非从中而屈其下也。如許書於「民」、「酉」字曰：「从古文之體。」小篆有變古文令可書者，隸書亦有變小篆令可書者，其道一也。）」廷尉說律，至以字斷法：「苛人受錢；苛之字，止句也。（段注：《通典》：陳群、劉劭等〈魏律令序〉曰：「盜律有受所監臨，受財枉法。襍律有假借不廉。令乙有所呵人受錢科，有使者驗賂，其事相類，故分為請賕律。」按訶責字見三篇言部，俗作「呵」，古多以苛字、荷字代之。漢令乙有「所苛人受錢」，謂有治人之責者而受人錢，故與監臨受財、假借不廉、使者得賂為一類。「苛」从艸可聲，假為「訶」字，並非从止句也。而隸書之尤俗者，乃譌為「㖃」，說律者曰：此字从止句，句讀同鉤，謂止之而鉤取其錢，其說無稽，於字意律意皆大失。）」若此者甚眾，皆不合孔氏古文，謬於《史籀》。俗儒鄙夫，翫其所習，蔽所希聞，不見通學，未嘗覩字例之條，怪舊藝而善野言，以其所知為祕妙，洞究聖人之微恉。又見《倉頡篇》中：「幼子承詔。（段注：「幼子承詔。蓋《倉頡篇》中之一句也。《倉頡篇》例四字為句。）」因曰：「古帝之所作也，其辭有神僊之術焉。（段注：「幼子承詔」，蓋指胡亥即位事，俗儒鄙夫既謂隸書即倉頡時書，因謂李斯等所作《倉頡篇》為黃帝之所作，以黃帝倉頡君臣同時也。其云「幼子承詔」者，謂黃帝乘龍上天而少子嗣位為帝也。無稽之談，漢人乃至於此哉！）」其迷誤不諭，豈不悖哉！

由上所述，可以想像漢人對於文字程度的低落，其原因也由於政府的不重視，所以許慎歎息說：「今雖有尉律，不課；小學不修，莫達其說久矣！」許慎這番話，並非偶發的慨歎，我們再看漢朝俗儒在緯書中所殘餘下來的經說，便有許多是穿鑿附會解釋文字的字說。如《春秋》緯《元命苞》云：

屈中挾一而起者為史，史之為言紀也。天度文法以此起也。

刑字从刀从井，井以飲人，人入井爭水，陷於泉，以刀受之，割其情欲，人畏慎以全命也。故字从刀从井也。

王者置廷尉，讞疑刑，官之平下之信也。廷者，信也。尉者，慰民心撫其實也。故立字，士垂一人，詰屈折著為廷；示戴尸首以寸者，為言寸度治法數之分，示為尸稽于寸，舍則法有分，故為尉示以尸寸。

仁者情志好生愛人，故其為人以人，其立字，二人為仁。

地者，易也，言養物懷任，交易變化，含吐應節，故其立字，土力於一者為地。

日之為言實也，節也。含一開度立節，使物咸別，故謂之日，言陽布散合如一。故其立字，四合共一者為日。

土之為言吐也，子成父道，吐氣精以輔也。陽立於三，故成土，其立字，十夾一為土。水之為言演也，陰化淖濡，流施潛行也。故其立字，兩人交一以中出者為水。一者數之始，兩人譬男女，言陰陽交物以一起也。

火之為言委隨也，故其立字，人散二者為火也。

木之為言觸也，氣動躍也。其立字，八推十為木，八者陰，合十者陰數。

兩口銜士者為喜，喜得明，心喜者為憙，憙天心。心為天王布政之宮，萬物須之乃盛，所以為喜也。今於口間士移一畫之者，於字體安也。是以兩口士也，喜得明，明得所喜也。

《春秋》緯《漢含孳》云：

劉季握，卯金刀，在軫北，字季(禾子)，天下服。卯在東方，陽所立，仁且明；金在西方，陰所立，義成功。刀居右，字成章。刀擊秦，枉矢東流，水神哭，祖龍然。(「然」字疑「死」誤。)

《春秋》緯《潛潭巴》云：

君德應陽，君臣得道叶度，則日含王字。日含王字者，日中有王字也。王者德象日光所照，無不及也。

《春秋》緯《說題辭》云：

天之為言顛也，君高理下，為人經也。群陽經也，合為太一，分為殊名；故其立字，一大為天。

天之為言鎮也，居高理下，為人經緯，故其字，一大以鎮之。

地之為言媲也，承天行其義也。居以下山為位，道之經也。山陵之大，非地不制，含功以牧生，故其立字，土力於一者為地。

星之為言精也，榮也，陽之精也。陽精為日，日分為星，故其立字，日生為星。

粟助陽扶性。粟之言續也，粟五變，一變而以陽化生為苗；二變而秀為禾；三變而粲然謂之粟；四變入臼米出甲；五變而烝飯可食。陽以一立為法，故粟積大一分，穗長一尺，文以七列，精五立，故其字西米為粟：西者金所立，米者陽精，故西字合米而為粟。

我們看了上面漢代一般俗儒穿鑿附會、荒謬離奇的解釋文字和經義，更可證明許慎所指出來的學術界現象，不但經義湮沒，而且記載一切歷史文化的根本的文字，也將沿訛襲謬，不可究詰。因此許慎發憤著成《說文解字》一書，不但廓清了一切文字的謬說，同時也確立了中國文字學的基礎。《說文解字》便成了中國文字學的一部不能動搖的經典。普通人提到《說文解字》，總以為是一部研究古篆、講求古雅的書，其實《說文解字》所完成的理論，乃是籠罩古今，駕馭中國一切文字的理論；《說文解字》所記錄的字體，乃是包羅雅俗，解析中國一切文字的字體。我們試一分析，可以舉出《說文》一書所包含的幾大工作：第一是標舉出六書的理論，明字例之條。第二是根據古文、籀文、篆文的標準字體，來做一切俗字演變的基礎。第三是每字說明它的本義，來做一切意義引伸假借的根據。第四是尊重文字的歷史傳統，一切都根據通人的解說，不為意必無根之說。第五是創立部首，部勒文字，開後來一切字書編排檢查的先河。現在我們略加分疏如下：

㈠完成六書理論　《說文》所完成的六書理論，不但是用來駕馭篆文、解釋篆文，而且是可以籠罩駕馭中國古今的文字。例如一切俗字，都不能超離六書的範圍，即使是今天新造的文字，如氫、氮、氦、氖、鐳、鈾之類，又何嘗離開了六書的條例呢？

㈡確立標準字形　《說文》以篆文為主體，參用古文、奇字、籀文，因其筆筆有意義可資說明。所以不用當時通用的隸體、艸書，是因為隸體、艸書經過省變，失去了標準的字形；所以不用古代的刻符、摹印等等古雅的字體，是因為刻符、摹印等字體，或重美觀，或受寫刻的限制，也改變了標準的字形。許慎根據壁中書的古文，周、秦兩代整理的標準字書，如《史籀篇》、《倉頡篇》之類，整理成一部古代流傳下來的標準文字。近人稱甲骨鐘鼎文字為古文字學，其實《說文》就是最早的標準古文字學。至於標準字體，經過時俗更改，他也時時采錄，譬如「罪」字本从「自辛」，秦始皇以「辠」似「皇」字，故改為「罪」。又如「對」字本从「丵口」从「寸」，乃應對之字，故从「口」；漢文帝以為責對而面言，多非誠對，故去其「口」以从「士」。這些都是《說文》不廢通行的俗字的例證。所以近人講的俗文字學的研究，也當推本於許慎。

㈢詮明標準字義　《說文》所載的字，都是采用標準的字體；所說明的字義，都是與造字符合的初義。一切引伸後起的字義都從此出，所以「西」字本義是鳥棲，後來引伸為西方之西；雖然文章裡從不用西字做鳥棲的意義，但是不明白鳥棲是西字的本義，那麼西方的意義也就不能明白。所以現代所稱的字義學也當奉《說文》為始祖。

㈣保存正確解說　《說文》根據標準字體，健全理論，而且還采取歷代通人的解說，不敢摻加自己主觀的臆解。因為文字意義的確定，是根據民眾共同遵守流傳下來的，所以不應該憑個人猜測加以武斷。我們看許慎所引的古人之說，指名的有孔子說、楚莊王說、韓非說、司馬相如說、淮南王說、董仲舒說、劉歆說、揚雄說、爰禮說、尹彤說、逯安說、王育說、莊都說、歐陽喬說、黃灝說、譚長說、周成說、官溥說、張徹說、甯嚴說、桑欽說、杜林說、衛宏說、徐巡說、班固說、傅毅說、賈侍中說；其他也都有所根據。所以他在敘中聲明：「今敘篆文，合以古籀，博采通人，至於小大，信而有證，稽譔其說。」可見他是字字有來歷的。如果缺乏證據，他寧願把它空闕起來，所以敘中又說：「其於所不知，蓋闕如也。」我們看《說文》書中，常常注明闕字，如上部旁（旁）字注云：「溥也。从二、闕，方聲。」「二」是古文「上」字，所謂「闕」是指當中「冂」形，許慎沒有歷史根據，便闕而不說。其實旁是普遍的意義，「方」是諧聲，當中兩畫，未嘗不可以意推測，加以解釋。所以唐朝李陽冰就說：「冂象旁達之形也。」其實許慎何嘗不知如此解釋？何嘗不可如此解釋？這不是許慎沒有李陽冰的聰明，而是李陽冰沒有許慎嚴格的科學精神。

㈤創立編排方法　中國古代的文字學書流傳下來的極少，在許慎以前的，只有漢元帝時史游作的《急就篇》，因為它是艸書的先河，很多人把它當做字帖摹寫。故此僥倖保存下來。此書的情況，多半以三字七字為句，間或有四字句；每句都叶韻，以助記憶，雜記普通事物，如人名、藥名、器具、動植物之類，都是普通人應具的常識，大概是漢代教學童的課本。從這本書看來，作者並沒有本身自覺的做到整理或部勒文字的工作。其他如《倉頡篇》、《凡將篇》、《元尚篇》、《訓纂篇》等，都散佚不存，但就群書徵引到的零星片段，推測起來，還是和《急就篇》大致不差。所以數到有方法計劃的編製字書，也要推《說文》為第一部著作。雖然它是依據篆文為主體，不得不照字形字義提出五百四十個部首。到了明朝梅膺祚的《字彙》、張自烈的《正字通》，改依文字筆畫的多少，為分部的次第，從一畫到十七畫，列二百十四部；每部中又以筆畫的多少，為列字的次第；卷首以一畫至三十三畫之字，按筆畫多少，總列於前，以便檢查。後來《康熙字典》以迄近代的字書還多數采用這個辦法。不過儘管編排文字的人或按部首、或依筆畫、或照起筆的點畫來分別部居，追溯根源，總不能不推到許慎創始的功績。

由上面列舉的事實，我們可以看到許慎《說文解字》所涉及的範圍，乃是文字學的全體，而非文字學的局部。後來一切文字學上的一切發現、一切工作，都是它的工作的延續，都是它的工作的補充，所以我們可以說：有了許慎，文字學纔到達了完成時期。

許慎以後，我們叫它做文字學發展時期。後漢到晉，《爾雅》有很多的注家；韻書反切也在此時創始；只有文字學並無傑出的著作。最著名的晉代呂忱的《字林》，只是沿襲《說文》的一部書，不過增加了二千多個字罷了。（《字林》已亡佚，據張懷瓘《書斷》及《封氏聞見記》說：《字林》也分五百四十部、凡一萬二千八百二十四字。）

到了六朝，是文字極混亂的時期，通俗使用，書生抄寫，都是由隸書蛻變的行書真書，一般寫家，結體非常無定。而當時許多新興的俗字，通行民間，有許多人注意這點，實在是俗文字學最盛的時期，其間最早發現的是號稱服虔的《通俗文》。《顏氏家訓・書證篇》說：

《通俗文》，世間題云：「河南服虔字子慎造。」虔既是漢人，其敘乃引蘇林、張揖，蘇、張皆是魏人。且鄭玄以前，全不解反語，《通俗》反音甚為近俗。阮孝緒又云：「李虔所造。」河北此書，家藏一本，遂無作李虔者。《晉中經簿》及《七志》并無其目，竟不得知誰制。然其文義允愜，實是高才。殷仲堪《常用字訓》亦引服虔俗說，今復無此書，未知即是《通俗文》，為當有異。近代或更有服虔乎？不能明也。

〈書證篇〉又說：

世間小學者不通古今，必依小篆，是正書記。凡《爾雅》、三《倉》、《說文》豈能悉得倉頡本指哉？亦是隨代損益，各有同異。西晉以往，字書何可全非！但令體例成就，不為專輒耳。考校是非，特須消息。至如「仲尼居」，三字之中，兩字非體；三《倉》「尼」旁益「丘」，《說文》「居」下施「几」；如此之類，何由可從。古無二字，又多假借，以「中」為「仲」，以「說」為「悅」，以「召」為「邵」，以「閒」為「閑」，如此之徒，亦不勞改。自有訛謬，過成鄙俗：「亂」旁為「舌」，「揖」下無「耳」，「黿」、「鼉」從「龜」，「奮」、「奪」從「雚」，「席」中加「帶」，「惡」上安「西」，「鼓」外設「皮」，「鑿」頭生「毀」，「離」則配「禹」，「壑」乃施「豁」，「巫」混「經」旁，「皐」

分「澤」片，「獵」化為「獦」，（原注：音葛，獸名，出《山海經》。）「寵」變成「寵」，（寵音郎動反，孔也，故從穴。）「業」左益「片」，「靈」底著「器」。「率」字自有律音，強改為別；「單」字自有善音，輒析成異；如此之類，不可不治。吾昔初看《說文》，蚩薄世字，從正則懼人不識，隨俗則意嫌其非，略是不得下筆也，所見漸廣，更知通變，救前之執，將欲半焉。若文章著述，猶擇微相影響者行之；官曹文書，世間尺牘，幸不違俗也。案彌亘字從二間舟，《詩》云「亘之秬秠」是也。今之隸書，轉舟為日，而何法盛《中興書》乃以舟在二間為舟航字，謬也。《春秋說》以人十四心為德，《詩說》以二在天下為酉，《漢書》以貨泉為白水真人，《新論》以金昆為銀，《國志》以天上有口為吳，《晉書》以黃頭小人為恭，《宋書》以召力為劭，《參同契》以人負告為造；如此之例，蓋數術謬語，假借依附，雜以戲笑耳。如猶轉貢字為項，以叱為七，安可用此定文字音讀乎？潘、陸諸子〈離合〉詩賦、《拭卜》、《破字經》，及鮑照《謎字》，皆取會流俗，不足以形聲論之也。

又云：

或問曰：「《東宮舊事》何以呼鴟尾為祠尾？」答曰：「張敞者，吳人，不甚稽古，隨宜記注，逐鄉俗訛謬，造作書字耳。吳人呼祠祀為鴟祀，故以「祠」代「鴟」；呼「紺」為「禁」，故以「系」旁作「禁」代「紺」字；呼「盞」為竹簡反，故以「木」傍作「展」以代「盞」字；呼「鑊」字為「霍」字，故以「金」傍作「霍」代「鑊」字；又「金」傍作「患」為「鐶」字，「木」傍作「鬼」為「槐」字，「火」傍作「庶」為「炙」字，「既」下作「毛」為「暨」字，金花則「金」傍作「華」，窓扇則『木』傍作『扇』；諸如此類，專輒不少。」

我們看了上面顏之推敘述的話，知道六朝這段時期，文字正在紛紜蛻變和孳乳，認真的學者，「從正則懼人不識，隨俗則意嫌其非」，故有「略是不得下筆」的困惑。還有許多作家，「不甚稽古，隨宜記注，逐鄉俗訛謬，造作書字」，使得讀者疑問橫生。上面所引的服虔《通俗文》大概就是最早發現的這種書。據顏之推的判斷，當然不是後漢服虔作的，但是殷仲堪既引過服虔俗說，可見這種字書在殷氏前（西元四〇〇年以前）已經出現了。顏氏說：「文義允愜，實是高才。」又說：「河北此書，家藏一本。」可見這書的精善和流行的廣遠。後來如王義《小學篇》、葛洪《要用字苑》、何承天《纂文》、阮孝緒《文字集略》，一直到敦煌所出唐人著的《俗務要名林》、《碎金》之類，都屬於這個系統，可惜不受人重視，所以大部份材料都已散失湮滅了。不過俗文字學的精義，是要酌古準今，損益通變，使從正而不違俗，匡謬而能適時，這就不是「不通古今」的小學家所能勝任的了。

漢、魏以下，隸變之後，繼以楷變，一般人書寫文字沒有一定的規律可依，而且俗體字隨時發生，從漢代的「馬頭人為長」、「人持十為斗」，以至南北朝的「百念為憂（憂）」、「言反為𡕒（變）」、「不用為甭（罷）」、「追來為𨑹（歸）」、「更生為甦（蘇）」、「先人為𠀋（老）」、「文子為斈（學）」、「老女為姥（母）」，不勝枚舉。這些字在通俗流行，本來可任其自生自滅；不過當時經典書籍沒有印本，全須依賴抄寫，於是抄本的書籍中就夾雜著許多訛誤的俗字，這對於學術的正確性大有影響。因此南北朝儒生傳抄的經籍，就有留心到這一嚴重問題的。《顏氏家訓．雜藝篇》說：

晉、宋以來，多能書者，故其時俗遞相染尚，所有部帙楷正可觀，不無俗字，非為大損。至梁天監之間，斯風未變；大同之末，訛替滋生。蕭子雲改易字體，邵陵王頗行偽字，前上為草，能傍作長之類是也。朝野翕然，以為楷式，畫虎不成，多所傷敗。至為一字，唯見數點，或妄斟酌，遂便轉移。爾後墳籍，略不可看。北朝喪亂之餘，書籍鄙陋，加以專輒造字，猥拙甚於江南。乃以百念為憂，言反為變，不用為罷，追來為歸，更生為蘇，先人為老，如此非一，偏滿經傳。唯有姚元標工於楷隸，留心小學，後生師之者眾。洎於齊末，祕書繕寫，賢於往日多矣。江南閭里，間有畫書賦，此乃陶隱居弟子杜道士所為，其人未甚識字，輕為軌則，託名貴師，世俗傳言，後生頗為所誤也。

因此南北朝的經學家，他們傳授的經典，就有考校文字異同、辨正文字筆畫的所謂正本或定本。到了唐初，唐太宗貞觀七年（西元六三三年），就頒布顏師古的五經定本於天下，來統一經籍的文字。同時顏師古又撰有《字樣》一書。《唐書・儒學傳》說：

嘗歎五經去聖遠，傳習寖訛，詔師古於祕書考定，多所釐正。

顏元孫的〈干祿字書序〉說：

元孫伯祖故祕書監，貞觀中刊正經籍，因錄字體數紙以示讐校，楷書當代共傳，號為顏氏字樣。

其他為了解決文字紊亂這一問題，大儒陸德明撰的《經典釋文》，也有論到用字的條例：

豈必飛禽即須安鳥，水族便應著魚，蟲屬要作虫旁，草類皆從兩屮。

黿鼉從龜，亂辭從舌，用攴代文，將无混旡。

張守節的《史記正義》在書首也有論字例的專條：

《史》、《漢》文字，相承已久。若「悅」字作「說」，「閑」字作「閒」，「智」字作「知」，「汝」字作「女」，「早」字作「蚤」，「後」字作「后」，「既」字作「溉」，「勑」字作「飭」，「制」字作「剬」，此之般流，緣古少字，通共用之。《史》、《漢》本有此古字者，乃為好本。程邈變篆為隸，楷則有常；後代作文，隨時改易。衛宏官書數體，呂忱或字多奇，鍾、王等家，以能為法，致令楷文改變，非復一端，咸著祕書，傳之歷代。又字體乖日久，其「黼」、「黻」之字法從「黹」，今之史本則有從「耑」。〈秦本紀〉云：「天子賜孝公黼黻，鄒誕生音甫弗，而鄒氏之前，史本已從耑矣。」如此之類，竝即依行，不可更改，若其「黿」、「鼉」從「龜」，「辭」、「亂」從「舌」，「覺」、「學」從「與」，「泰」、「恭」從「小」，「匱」、「匠」從「走」，「巢」、「藻」從「果」，「耕」、「籍」從「禾」，「席」下為「帶」，「美」下為「大」，「裒」下為「衣」，「極」下為「點」，「析」旁著「片」，「惡」上安「西」，「餐」側出頭，「離」邊作「禹」，此之等類，例直是訛字。「寵」字為「寵」，「錫」字為「鍚」，以「支」代「文」，將「旡」混「无」，若茲之流，便成兩失。

這些都是楷書通行後寫本書發生的問題，對這問題做通盤解決的，便成為「字樣之學」。字樣便等於說「標準楷字」。這派書的最早著作，當然要數前面所提到的顏師古的《字樣》。顏師古這書大概是本於六朝人《小學篇》、《通俗文》、《字指》、《要用字苑》、《今字辯疑》、《文字辯嫌》、《錯誤字》等書及他的祖父顏之推、父親顏思魯之說而成的。可惜此書業已失傳。（《廣倉學宭叢書》內，有汪黎慶輯本九條。）稍後，杜延業的《群書新定字樣》也失傳。但是師古的姪孫顏元孫，作了一部《干祿字書》，即是本他的伯祖父《字樣》一書而成的。元孫是顏杲卿的父親，顏真卿的叔父。《干祿字書》把通行的楷書分為俗、通、正三類。

所謂「俗」者，例皆淺近，唯籍帳、文案、券契、藥方，非涉雅言，用亦無爽，儻能改革，善不可加。所謂「通」者，相承久遠，可以施表奏、箋啟、尺牘、判狀，固免詆訶。所謂「正」者，竝有憑據，可以施著述、文章、對策、碑碣，將為允當。如：聰聰聰（上中通下正諸從忩者竝同他皆放此）　功功（上俗下正）　衷衷　馮馮　雄雄　虫蟲（竝上俗下正）。

這書在唐代宗大曆九年（西元七七四年）顏真卿做湖州太守時，書寫刻石，這是審定楷書，明晰的列舉楷書的標準字體，存在今日最早的一部書了。由於這部書有正確的見解，加上後來人繼續發揮，就完成了中國楷書的統一。《四庫全書總目提要》批評此書說：

其書酌古準今，實可行用；非詭稱復古，以奇怪釣名言字體者，當以是為酌中焉。

後來張參作《五經文字》、唐元度作《九經字樣》，都是沿襲這一脈的工作。劉禹錫《國學新修・五經壁記》云：

> 大曆中，名儒張參為國子司業，始詳定五經，書於講論堂東西廂之壁，積六十餘載，祭酒皥博士公肅，再新壁書。乃析堅木，負墉而比之。其製如版牘而高廣，背施陰關，使眾如一。

觀此記，知《五經文字》，初書於屋壁，後來易以木版，至開成年間，又刻在石上。其後唐玄度的《九經字樣》又是依據《五經文字》寫成的。《唐會要》說：

> 大和七年二月（八三三年），敕唐玄度覆定石經字體。十二月，敕於國子監講論堂兩廊，創立石《九經》。

《九經字樣》即作於大和年間，其內容也是據《五經文字》而成的。書首載開成二年八月（八三七年）牒云：

> 准太和七年十二月五日敕，覆定九經字體者。今所詳覆，多依司業張參《五經文字》為准。……諸經之中，別有疑闕，舊字樣未載者，古今體異，隸變不同。如總據《說文》，即古體驚俗；若依近代文字，或傳寫乖譌。今與校勘官同商較，是非取其適中，纂錄為新加《九經字樣》一卷。或經典相承，與字義不同者，具引文以注解。今刊削有成，請附於《五經字樣》之末，用證紕誤者。

據此，知唐《開成石經》，是用楷書書寫刻石的一部最大的書籍。這部書不但是經書的標準讀本，也是正楷文字的標準寫法。它的字體審定的具體說明，便是《五經文字》、《九經字樣》兩部書，因此刻石經的時候，同時也刻了這兩部書。到五代時，木刻九經三傳，即以唐石經為底本。《五代會要》卷八云：

> 後唐長興（九三二年）三年二月，中書門下奏，請依石經文字，刻九經印板。敕令國子監集博士儒徒，將西京石經本，各以所業本經，句度鈔寫注出，仔細看讀。然後僱召能雕字匠人，各部隨帙刻印板，廣頒天下。……其年四月，敕差太子賓客馬縞、太常丞陳觀、太常博士段顒、路航、尚書屯田員外郎田敏充詳勘官。兼委國子監於諸色選人中，召能書人端楷寫出，旋付匠人雕刻。

經過二十二年的時間，木刻本完成，也同時雕印《五經文字》、《九經字樣》二書。《冊府元龜・卷六〇八・學校部》云：

> （周太祖）廣順（九五三年）三年六月，田敏獻印板九經、《五經文字》、《九經字樣》各二部，一百三十策（同「冊」）。

由此可知《五經文字》、《九經字樣》是決定楷書正體的依據，而唐石經和九經刻本，乃是標準楷書的範本。據《五經文字》凡三千二百三十五字，《五經文字》所無，《九經字樣》所加者凡四百二十一字。兩書所涉及之群經文字，當為三千六百五十六字。後來辨別楷書的正誤，大概都以此為標準。再加上雕板和印刷業的發達，中國書寫的標準楷書有了定型，於是收到了「書同文」的成果。一千二百年來，中國字體獲致很穩定的統一，這是字樣學的功績。

宋代研究文字學的人，都有意無意的在求革新，我們看出他們一方面，在求建立文字學的新理論；一方面，在蒐集文字學的新材料。

在理論方面，有王安石解字的新說。王安石用空想來解釋文字，不問字體源流，一切用會意來解釋。如「坡為土之皮」、「波為水之皮」、「同田為富」、「詩為寺人之言」之類，與漢代俗儒解字同一可笑。不過他讀書多，附會巧，好像言之成理，而且他憑藉他政治的崇高地位，大力推行，所以《字說》二十四卷，也曾風行一時。唐耜作《字說解》一百二十卷，陸佃、羅願也是信仰新說的。荊公對《字說》自信甚堅，不本《說文》，任意穿鑿。見於宋人筆記中載其說者多可笑。如邵博《聞見後錄》云：

客問霸字何以從西？荊公以西在方域主殺伐，累言數百不休。或曰：「霸字從雨不從西。」荊公曰：「如時雨化之耳。」

當時一般博學之士，如劉貢父、蘇軾之流均大加譏彈，故雖以政治勢力，強迫推行；但不久之後，終被廢止。與安石同時，有王聖美，創為「右文說」。以為形聲字的聲符，大抵兼有意義，在訓詁學裡，倒不失為一個重要的法則。

還有作《通志》的鄭樵，專用六書來研究一切文字。他寫了《象類書》十一卷，以獨體為文，合體為字，立三百三十母為形之主，八百七十字為聲之主，合千二百文成無窮之字。他批評《說文》「句」、「半」等部，以為只是聲旁，不能作形旁，所以把五百四十部歸併成三百三十部。另外，他又作過一部《六書證篇》，卻又只有二百七十六部，不知異同如何。這兩種書都失傳。他的學說只存在《通志・六書略》裡面。他所作的六書分類，瑣屑拘泥，界畫不清。後來元時有楊桓的《六書統》、《六書泝源》，戴侗的《六書故》，周伯琦的《六書正譌》；元明之間，有趙撝謙的《六書本義》，明時有魏校的《六書精蘊》，楊慎的《六書索隱》等，都是受鄭樵的影響而成書的，但是也都沒有什麼成就。

至於古文字新材料的蒐集，遠在漢時已經開始，不過那時還只有抄寫的一法，所以許叔重〈說文敘〉儘管說到鼎彝而沒有徵引過一個字。只有古文經，被文字學家許叔重引用到《說文》裡，又被書法家邯鄲淳等寫入《三體石經》。晉代發現了大批的汲冢古文，可惜沒有保存下來。一直到唐朝，書法家或經學家所謂古文，主要的還只是流傳下來的抄本古文經和《三體石經》。經過六朝的大混亂時期，有偽造的隸古定《尚書》，好奇的人杜撰的古文雜體，也有寫錯的，也有認錯了，以訛傳訛的，還有許多是從後世字書韻書裡找較特殊的字體把楷書變為篆形的，這些材料都匯集到五代時郭忠恕的《汗簡》裡。宋真宗時，夏竦集《古文四聲韻》，還只是這些材料。

由於宋時金石學的發達，隸書的研究、古文字的研究都開始了。皇祐以後，像楊南仲、章友直、劉原父、蔡君謨、歐陽永叔等都好鐘鼎文字，而以楊氏最有名。到哲宗元祐七年壬申（西元一〇九二年），呂大臨作《考古圖》，同時又作了《考古圖釋文》（清代學者誤以為趙九成作），這是古文字學裡的第一本書。他綜合出辨識古文字的原則，如：「筆畫多寡偏旁位置左右上下不一。」他說從小篆考古文，只能得三四，其餘有的從義類推得，有的省，有的繁，有的是反文，有的知道偏旁寫法而不知道音義，由這樣，又可考其六七。他用這種方法認識了幾百個字，給古文字學開了一條道路。後來王楚作《鐘鼎篆韻》，薛尚功作《廣鐘鼎篆韻》，元時楊鉤作《增廣鐘鼎篆韻》，字數陸續有增加。王國維〈宋代金文著錄表序〉很扼要的介紹說：

古器之出，蓋無代而蔑有。隋唐以前，其出於郡國山川者，雖頗見於史，然以識之者少，而記之者復不詳，故其文之略存於今者，唯美陽與仲山甫二鼎而已。趙宋以後，古器愈出，祕閣大常既多藏器，士大夫如劉原父、歐陽永叔輩亦復蒐羅古器，徵求墨本。復得楊南仲輩為之考釋，古文之學勃然中興，伯時、與叔復圖而釋之；政宣之間，流風益煽，籀史所載，著錄金文之書至三十餘家，而南渡後諸家之書尚不與焉，可謂盛矣。今就諸書之存者觀之，約分三類：與叔之圖，宣和之錄，既圖其形，復摹其款，此一類也。嘯堂集古，薛氏法帖，但以錄文為主，不圖原器之形，此二類也。歐、趙金石之錄，才甫古器之評，長睿東觀之論，彥遠廣川之跋，雖無關圖譜，而頗存名目，此三類也。國朝乾嘉以後，古文之學頗盛，輒鄙薄宋人之書，以為不屑道。竊謂《考古》、《博古》二圖，摹寫形制，考訂名物，其用力頗鉅。所得亦多。乃至出土之地，藏器之家，苟有所知，無不畢記。後世著錄家當奉為準則。至於考釋文字，宋人亦有鑿空之功，國朝阮、吳諸家，不能出其範圍。若其穿鑿紕繆，誠若有可譏者，要亦國朝諸老所不能免也。

大概宋代的學術，多有趨新的風氣，文字學方面，也復如是。王安石、鄭樵一班人是致力於創立新解說新理論，而呂大臨、薛尚功一班人則致力於蒐羅新材料新器物。平心而論，宋人的新理論新解說，缺乏正確的根據，不能生根；而宋人採獲的新材料新器物，對於後世所謂古文字學，卻有一個很好的開始。

明朝是文字學最衰頹的時期，連一本始一終亥的《說文》都沒有刻過。明末趙宧光作《說文長箋》，只根據李燾的《說文五音韻譜》，清初顧炎武批評趙宧光淺陋，可是他也沒有看見過徐鉉本《說文》。一直到明清之交，汲古閣毛氏根據宋本重刊，（據段玉裁說：毛季斧五次校改本，自署是順治癸巳，那是順治十年，西曆一六五三年。）學者纔看見徐鉉本《說文》。乾隆四十七年（西元一七八二年），汪啟淑纔刻徐鍇的《說文繫傳》。

跟著漢學的復興，清代《說文》學有了從來所沒有的昌盛，小學比任何一種經學發達，而在小學裡，《說文》又特別比其他字書發達。王鳴盛〈說文解字正義序〉說：

《說文》為天下第一種書，讀徧天下書，不讀《說文》，猶不讀也。但能通《說文》，餘書皆未讀，不可謂非通儒也。

這雖然是過份的崇拜，也可見當時學術界對《說文》一書的重視。段玉裁《說文注》，是第一個以《說文》學者享有盛名的，受抨擊也最多。桂馥的《說文義證》，蒐集例子，確很豐富，可惜刊行較遲。王筠的《說文》釋例——《說文句讀》，對初學者不失為一本簡明有用的書。至於朱駿聲的《說文通訓定聲》，確是訓詁學上一本重要的著作。段、桂、王、朱，號稱清代《說文》學的四大家，實在是經得起時代的考驗的。其他有關《說文》的著述，舉不勝舉。民國十七年丁福保編印的《說文詁林》，網羅幾達二百家之多，是很便於學者翻閱的一部鉅著。

古文字在明以後倒還有人蒐集，如李登的《摭古遺文》，朱時望的《金石韻府》，清汪立名的《鐘鼎字源》，閔齊伋的《六書通》之類，但除了古印外，沒有新材料，輾轉稗販，真偽雜糅，都是不足道的。到乾隆十四年（西元一七四九年）《西清古鑑》刻成後，鐘鼎纔重被人注意，到現在雖然不過二百餘年，已經有了最劇速的進步，使以前的文獻成為無足輕重了。隸書首先被人注意，如顧藹吉的《隸辨》；其次是漢印，有袁日省的《漢印分韻》等；其次是金文，嚴可均作《說文翼》，輯鐘鼎文字，依《說文》次序編輯，可惜沒有印行。莊述祖的《說文古籀疏證》想建設一個新系統來代替《說文》，但是從不可靠的材料、主觀的看法、今文經學家的沒有條理的玄想，要造一個空中樓閣，把一切文字推源於甲子，這是不可能的。

從阮元作《積古齋鐘鼎款識》，並且刻入《皇清經解》以後，款識學盛行一時，成為漢學的一部分。陳慶鏞、龔自珍之徒，穿鑿附會，荒謬不經，徐同柏、許瀚等算是較平實的。一直到同治光緒時，古器物的發現愈多，如古鉩、封泥、陶器、貨布等都有大批的材料，吳大澂除作《字說》外，蒐集鐘鼎文字和這些新材料作《說文古籀補》，這也是劃時代的一本著作。後來丁佛言的《說文古籀補補》、強運開的《說文古籀三補》，都不過略為補苴吳書而已。

光緒二十五年（西元一八九九年），被文士發現了在河南安陽小屯村久已出土的殷虛卜辭，因此，在文字學上增加了大批的新材料，形成了研究的新風景。孫詒讓從研究金文作《古籀拾遺》、《古籀餘論》，研究甲骨作《契文舉例》，綜合起來作《名原》，是這個時代的前驅。羅振玉作《殷虛書契考釋》，建立了殷虛文字這一個學科。他認為古鉩、金文、陶器、貨布等材料，應當分開來蒐集整理。接著，他的兒子羅福頤及他的門人後學，也編了不少的材料書和字彙。其他國內外研究甲骨文的學者和著作，留在〈字體〉一章中敘述，這裡只是簡略的提及。

因為金石學的發展，清代學者也研究碑誌的別字，楊守敬又作過《楷法溯源》。行草書則自《草書韻會》、《草字彙》之類外，還沒有好的字彙。關於俗文字，自翟灝作《通俗編》以後，也有幾十家，有些著作，都擴展到方言一方面。

我們綜觀文字學的源流變化，綜合起來，在《說文》以前，我們稱之為文字學開刱時期；許慎完成了《說文》，我們稱之為文字學確立時期；許慎以後，我們稱之為文字學發展時期。在文字學發展時期，所發生的俗文字學、字樣學、《說文》學、古文字學，皆是許慎確立文字學的延展，而絕不是對立。除了清人的《說文》研究，一般人認為是許慎的一脈外，許多人往往誤會，認為俗文字學、字樣學、古文字學都是異軍突起，和許慎敵對的。其實許慎當時通用的是隸書，他依據舉世廢而不用的篆文、籀文、古文和郡國所得的古器物銘辭，這便是道地的古文字學；他援用通行隸書及後起字，便是後世所稱的俗文字學，他整齊字體，使得古代的八體六技和流俗的訛字有所根據，這便是字樣學。至於清儒研究《說文》的專著，往往局限《說文》本書，未能遍及文字學的全體也是有的。但是，我們要知道文字之學，必須貫串古今成為一個有機的整體，我們必須糾正分歧敵對的觀念，使割裂變為融通，萬殊歸於一本，然後中國文字纔能保持它的完整永恆的生命。

第二章

中國文字的構造法則

第一節　六書的名稱

六書的名稱，最早出現在《周禮・地官・保氏》：

保氏掌諫王惡，而養國子以道，乃教之六藝：一曰五禮，二曰六樂，三曰五射，四曰五馭，五曰六書，六曰九數。

六書的細目，漢朝人加以說明的，共有三家：

第一，是班固的《漢書・藝文志》：

古者，八歲入小學，故周官保氏掌養國子，教之六書，謂象形、象事、象意、象聲、轉注、假借，造字之本也。

第二，是鄭眾的《周禮・保氏》注（《周禮》鄭玄注引鄭眾《周禮解詁》）：

六書：象形、會意、轉注、處事、假借、諧聲也。

第三，是許慎的〈說文解字敘〉：

周禮，八歲入小學，保氏教國子，先以六書：一曰指事；指事者，視而可識，察而見意，上、下是也。二曰象形；象形者，畫成其物，隨體詰詘，日、月是也。三曰形聲；形聲者，以事為名，取譬相成，江、河是也。四曰會意；會意者，比類合誼，以見指撝，武、信是也。五曰轉注；轉注者，建類一首，同意相受，考、老是也。六曰假借；假借者，本無其字，依聲託事，令、長是也。

三家的解說，雖略有異同，卻都是本於西漢劉歆的。班固《漢書・藝文志》是用劉歆《七略》做底本的；〈漢志〉的說法，可能就是採用劉歆《七略》的原文。鄭眾是鄭興的兒子，鄭興是劉歆的學生；許慎是賈逵的學生，賈逵的父親賈徽也是劉歆的學生，所以鄭、許的學說也都是本於劉歆的。三家的名稱，象形、轉注、假借三書全同；其他三書，事、意、聲的實質也同，不過解說的人由主觀分析，或者叫會，或者叫指，或者叫諧罷了，其實內涵是沒有甚麼差異的。茲列表如次，實線表示名義全同，虛線表示名稱略異。

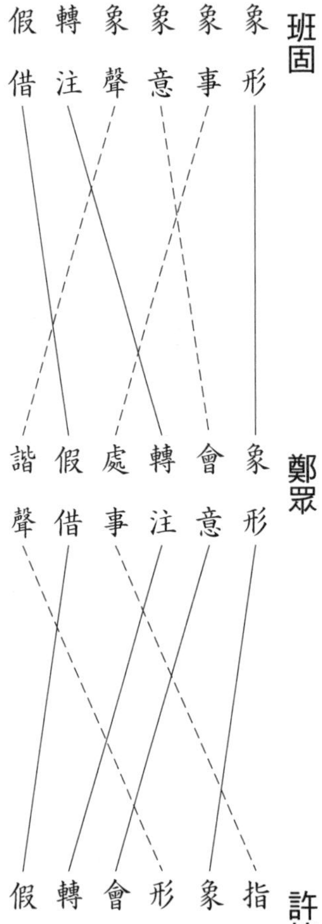

我們略一比較，便知三家顯著的差異，不在名義，而在排列的次序，這層留在下面說明。

第二節　六書的實質

先有語言，後有文字，這是任何民族進化的通則，所以造字的對象是語言。語言的實質是聲音，聲音所描繪的對象，不外意和形，也即是事與物；所以製造的文字，必然是代表聲音的符號，而聲音的符號，必然涵攝事物的形意。一般人歡喜說西洋文字是衍音文字，中國文字是衍形文字，這種說法並未能把握中國文字的特性。因為人類先有意想，後有語言，最後纔有文字；所以語言是意想的代表，文字是語言的代表。音標文字，僅僅用音符把語言的聲音標出。它的涵義只是寄託在聲音之中；音標文字的作用，也僅僅與語言相等。中國文字的性質就不同了，由於文字代表的對象是語言，所以它和音標文字當然同樣的是語言的音符。不過它每一個音符，不但把語言的聲音代表出來，並且同時把語言涵攝的事物形意描繪出來凸顯在紙上。因此中國文字不但是音符，而且同時是意符或形符。我們中國人不但可以用聽覺接觸到文字所代表的聲音，同時可以用視覺接觸到文字所代表的意義。這是中國文字與世界各國文字特異之點；這在學習、認識、記憶上都有莫大的便利，也是中國文字優於他國文字之處。我們的文字何以會由寫語言的符號同時兼具形意的符號呢？我想這與語言本身有莫大的關係。中國語是單音節性的，一個聲音，表達一個名物，一個意義（儘管有人認為有例外，然而大體總是如此），因此同音的字就非常的多。文字是配合語言的，如果單用純粹的音符代表語言，便有混淆不清的弊病。例如一個「同」的聲音，有竹筒的筒，有桐樹的桐，有銅器的銅，如果不兼用形符，就不能免除混淆的弊病。因此構成中國文字的實質，是音符、意符、形符；與拼音文字用純粹音符構成的不同。如果說中國文字是衍形文字，不如說是衍聲、衍義和衍形的文字。辨清了中國文字的實質是音符、意符、形符的總和；便知道構造文字的法則是運用音符、意符、形符的分類。

第三節　六書的次第

談到六書的次第排列問題，這與文字發生的先後大有關係。本來文字是在語言通行以後，為著事實的需要，經過無數的人，不斷的創造試驗，由結繩圖畫逐步進化到具體的文字。所以許慎〈說文敘〉說明文字的起源一直推到八卦結繩，他說：

古者庖犧氏之王天下也，仰則觀象於天，俯則觀法於地，視鳥獸之文與地之宜，近取諸身、遠取諸物，于是始作《易》八卦，以垂憲象。及神農氏結繩為治而統其事、庶業其緐、飾偽萌生，黃帝之史倉頡，見鳥獸蹏迒之跡，知分理之可相別異也，初造書契。

這段話是說中國人在沒有知道用文字表達思想語言之前，已經用八卦、結繩來做表達語言思想的符號。到了倉頡看到獸蹄鳥爪的痕跡，引起了製造文字的動機。《淮南子・說山訓》也說：「見窾木浮而知為舟，見飛蓬轉而知為車，見鳥跡而知著書，以類取之。」可見製造文字，也和發明車船有同樣的心靈歷程。當人類發現了用文字表達思想方法以後，便異人異地自由廣泛的製造。開始時既沒有人規定製造文字的法則，也未規定製造文字的程序；不過簡單獨體的文，照理應該在複雜合體的字之前。所以許慎〈說文敘〉說：

倉頡之初作書，蓋依類象形，故謂之文；其後形聲相益，即謂之字。文者，物象之本；字者，言孳乳而浸多也。

文（文），本是描畫的意思；依類象形，便是依照物類的形態描畫出來，所以叫它做「文」。六書中的「指事」，乃是描畫抽象的形態；「象形」，乃是描畫具體的形態；所以都是「文」。字（字），从子在宀下，子是嬰兒，宀是房屋，本是產子的意思。六書中的形聲、會意，都是組合二文或二文以上而成的，這情況有如父母結婚，產生兒女，所以組合多個文而成的文，就叫它做「字」。文是不可分析的整體，所以說是物象之本。「字」是可以分析為若干個「文」，由「文」與「文」組合而成為「字」，所以說字是孳生而漸漸的增多的。至於轉注、假借，只是孳生和調節的造字法，其他各個單字的本身，仍不出指事、象形、形聲、會意的範圍。基於這樣的文字發展的程序，所以班、許兩家的排列，是文在前，字次之，轉注、假借列在最後，這原則可以說兩家是一致的。不過班固把象形擺在第一，許慎把指事擺在第一；形聲、會意的次序兩家也是一前一後罷了。本來從心理分析，很難確定形與事的先後。許慎把指事擺在象形之前，一方面是按照渾括而分析的心理；一方面是根據文字發展的事實。象形字是由古代圖畫衍變而成的，指事字是由符號而成的。古代表達語言意思的工具，如同八卦、結繩，都是簡單的符號，正是指事字的前身，所以把指事列在最先，是很合於文字演進的歷史的。至於鄭眾的排列法，後代講六書的人都批評他雜亂無章，不過我想鄭眾自有他的用意之處。本來，造字的人不過就事實的需要，因時因事製造文字，並非有計劃的造畢指事，再造象形；造畢象形，再造形聲會意。可能是造字之時，各種造字的方法同時並用，諸類並興。鄭眾把班固的複體三分法（象形、象事都是文，象意、象聲都是字，轉注、假借都是文字混合的造字法，排列成複式的三類，所以叫它為複體三分法）改成兩個單式的三分法，其用意似乎在指出造字時錯綜活動的現象。正如前人講《詩經》六義，本來風雅頌和賦比興應該是兩類，而排列的人偏偏要把賦比興擺在風之後，雅頌之前，來表示賦比興是散見於風雅頌各體之中的。不過鄭氏沒有自己詳細說明，我們也只好姑做揣測之詞罷了。總之，文字的演進，必先有文然後有字，並且文與字的當中，還有一個半字的蛻變階段。譬如，木是最初的象形字，把木字加上「田」形表示果實，便成為「果」字。乃至齒字下半的「𠀀」，本是純粹的象形，卻又加上一個「止」的聲符，便成兼有聲符的象形字。這些半字都是純粹指事象形，附加其他部份而成的合體指事與合體象形，也即是形聲會意的先驅。其間演變孳生的痕跡與過程，根據歷代文字的資料和前人六書的理論，實在是已經成為有系統有條理的原則。可以說是合乎科學方法的原則。不過解釋造字法則的六書，前人有歷史根據的解釋，只有班、鄭、許三家；而三家中又以許氏的條理最為分明，並且也只有許氏曾經注明六書的定義和例證，所以我們今天講六書不能不以許氏為根據。語言文字是代表心靈智慧的符號；而心靈智慧的交流表達，是有其不可抹殺的歷史性的。我們本著尊重事實的科學精神，來講六書，解文字，必須有最可靠的歷史根據；我們講六書，必需根據歷史，尊重事實，來說明它的真相，我們絕不願意用個人的主觀，標新立異，來建立一套無根的理論。

第四節　六書分說

六書是製造文字的法則，也是解說文字的依據。以音標文字而論，它的涵義只是根據語言傳統的習慣；在它的文字本身是無理由可說的。中國文字是依循六書的法則造成的，所以它的涵義不但根據語言傳統的習慣，而且文字本身也是有意義可說的。我們說明某一文字的構造是屬於指事，或屬於象形，或屬於形聲、會意，即是說明某一文字代表某一意義的理由。所以六書不但是我們中國文字構造的法則，也是解說文字的依據。不過，在我們運用六書的知識解釋文字之前，有一個重要的事實我們必需要弄清楚：就是文字是代表語言的，語言是代表意思的；人類有共同互相了解的意思，然後代表意思的語言，纔能彼此了解。又必須有互相了解的語言，然後纔能了解代表語言的文字。譬如古人造了一個「一」字，來代表未有「一」字以前的語言；因為「一」字的語言早經通用，彼此早經互相了解，因此畫出一個「一」字代表這個語言，經過一番認識，一番解說之後，大家便能互相了解、互相使用。又如未造「日」（⊙）字以前，先有互相了解的日（⊙）字的語言早經通行，所以畫出一個⊙字以後，經過一番認識，一番解說之後，大家便能互相了解，便肯大家使用。經過約定俗成，便成為大眾使用的文字，如果單看見字形，而沒有歷史的根據，（文字本是靠口傳的，是一代一代遞傳下去的。儘管是拼音文字，它的字母也必需靠代代口傳的。）便用六書的方法，個人的意見任意猜測，那便仍舊要陷於極端的武斷和錯誤的。因為文字不管是象形，是寫意，都不能脫離歷史的根據而任意解釋的。假使看見⊙字，就說這是象太陽之形；但是圓形的物體非常之多，到底是圓鏡呢？是圓球呢？還是中穪的月餅？何以見得圓形的⊙，非是象太陽的形狀不可！這應當說明，圓形的「⊙」本來可以代表太陽、鏡子、圓球、月餅，乃至於一切的圓狀之物；不過在遠古時期，經過我們老祖先無數人共同意志的公認，又經過多少千年來的中國人的共同使用，所以圓形的⊙便做了太陽獨佔的標記。荀卿說得好：「名無固宜，約之以命，約定俗成謂之宜，異於約，則謂之不宜。」荀子說的名，便是文字；約定，便是得到民意的公認；俗成，便是有了歷史的根據。我們要明白六書，纔能解釋分析文字；也必須先認識了文字，先獲得了文字的歷史根據，纔能正確運用六書。絕不可單憑一點六書的理論，望著一個個的文字，便憑個人主觀隨意解釋，這便墮入「望文生訓」的魔障，像歷史上王安石一流人的做法。他著的字書，專以個人的意見來解釋文字，並且憑仗政治的勢力，勉強大眾學習，當時的學者儘管表示反對，他卻執拗到底。有一部筆記曾經記載一段對話：王荊公有一次問蘇東坡，鳩字為甚麼從「九」？東坡用諷刺的口吻說：「《詩經》『鳲鳩在桑，其子七兮。』連娘帶爺，恰是九個。」荊公又說：「坡者，土之皮。正合六書會意的原則。」東坡又訕笑著說：「那麼，滑字就是水的骨頭了！」我們冷靜觀察，荊公的解釋，何嘗不合六書，又何嘗不自以為合理！不過，解釋中國文字，既需要用六書的合理原則來解釋，同時，合理原則的解釋，還必須建築在正確的歷史事實的基礎上。猶如日（⊙）字的解釋，不但要根據合理的六書，而且必須根據正確可靠的傳統歷史。王安石不明此理，故敢自恃有理，強迫推行，終於受到歷史民意的淘汰。我們研究文字的人，必須深刻了解這層道理，纔能運用六書駕馭文字，而不致發生流弊。所以在分說六書之前，特別鄭重的提出這一點意見。

一、指　事

〈說文敘〉說：

指事者，視而可識，察而見意，上、下是也。

指事字是用符號表示抽象的事物，象形字是描畫具體的事物的形狀，這是指事和象形的分野。不過指事和象形都是一個不可分析的文，如果可以把它分析成兩個不同的文，那便是字而不是文，這便是指事、象形和形聲、會意的分野。譬如上字，古文作二；下字，古文作二：長橫表示平面，短橫在上即表示在平面之上，短橫在下即表示在平面之下。故許慎說「視而可識，察而見意」，因為所表現的是抽象的事物，所以不能見其形，而只可見其意。會意字也是「比類合誼」，來表達抽象的事物，不過構成會意字的必然是兩個或多個的文，是可以分析開來的。而「二」字的長畫和短畫乃是純粹的符號，並非數目字的「一」字，其原素只是一個整體的「上」字，而並不包含兩個以上的獨體的文，這便是與會意字最顯著的界限。

說明了指事的定義以後，我根據《說文》所載，分為純指事、借體指事、合體指事、變體指事四大類，又依據《說文解字》分為若干細類。

㈠純指事

一　惟初太始，道立于一，造分天地，化成萬物。　於悉切　一上部首

丄　高也。此古文上。指事也。　時掌切　一上部首

丄　篆文丄。　據「帝」字古文說解，古文又以一為丄字，又以二為古文丄字，篆文諸从上字从之。籀文偏旁亦作二。

丅　底也。指事。　胡雅切　一上

[下]　篆文下。

三　天地人之道也，从三數。　穌甘切　一上部首

丨　上下通也。引而上行讀曰囟，引而下行讀曰退。　古本切　一上部首

乁　古文及。秦刻石如此。　三下

[及]　亦古文及。

[玄]　古文玄。　鍇本作[玄]　四下

純指事稱象形或象某事之形

八　別也。象分別相背之形。　博拔切　二上部首

凵　張口也。象形。　口犯切　二上部首

丩　相糾繚也。一曰：瓜瓠結丩起。象形。　居糾切　三上部首

爪　丮也。覆手曰爪。象形。　側狡切　三下部首

臣　牽也。事君也。象屈服之形。　植鄰切　三下部首

卜　灼剝龜也。象灸龜之形。一曰：象龜兆之從橫也。　博木切　三下部首

𠁽　古文卜。　案：此象灸龜之形。偏旁或作𠆢。

冓　交積材也。象對交之形。　古候切　四下部首

叀　亦古文叀。　案：「疐」下云：「从叀，引而止之也。叀者，如叀馬之鼻。」「𣪠」下云：「从𠂤。𠂤，古文叀字。廏字从此。」是𠂤本牽馬之名，𠂤象牽馬鼻狀，ㄓ象馬首，與古文𢇍同意，ㄟ象牽之。偏旁或作𠂤，古文或作𠂤。　職緣切　四下

予　推予也。象相予之形。　余呂切　四下

純指事稱象物狀

釆　辨別也。象獸指爪分別也。讀若辨。　蒲莧切　二上部首

釆　古文釆。　據「㙉」重文𡋟，是古亦作𠂹。

止　下基也。象艸木出有址，故以止為足。　諸市切　二上部首

彳　小步也。象人脛三屬相連也。　鉉云：「李斯作彳。」古文偏旁或作彡。　丑亦切　二下部首

幺　小也。象子初生之形。　於堯切　四下部首

(二)借體指事

借體指事借一文

王　天下所歸往也。董仲舒曰：「古之造文者，三畫而連其中謂之王；三者，天、地、人也；而參通之者王也。」孔子曰：「一貫三為王。」　案：借三以表天地人。　雨方切　一上部首

屮　艸木初生也。象丨出形，有枝莖也。古文或以為艸字，讀若徹。　案：借丨。　丑列切　一下部首

借體指事借二文

十　數之具也。一為東西，丨為南北，則四方中央備矣。　案：借一借丨。　是執切　三上部首

鬥　兩士相對，兵仗在後，象鬥之形。　案：借丮借丮。　都豆切　三下部首

借體指事又合一文

小　物之微也。从八丨見而分之。　案：借丨。　私兆切　二上部首

夬　分決也。从又，𠁣象分決形。　案：借𠁣。（楚危切）古賣切　三下又部

尹　治也。从又、丿，握事者也。　余準切　三下又部

反　覆也。从又，厂反形。　案：借厂。　府遠切　三下又部

兆　灼龜坼也。从卜，兆象形。　案：借兆。　治小切　三下卜部

玄　幽遠也。黑而有赤色者為玄。象幽而入覆之也。　胡涓切　四下部首

借體指事又合一文而省

兆　古文兆省。　案：从古文卜而省去丨。　三下卜部

借體指事又合二文

必　詞之必然也。从入丨八；八象氣之分散。　案：借八。　兒氏切　《韻會》引小徐入聲　二上八部

借體指事而所从又變形者

屯　難也。象屮木之初生，屯然而難。从屮貫一；一，地也；尾曲。《易》曰：「屯，剛柔始交而難生。」
案：借一，又變屮之形。　陟倫切　一下屮部

㈢合體指事

❐合體指事合一文

古文一。　案：上蓋从弋。　一上

天垂象，見吉凶，所以示人也。从二（二古文上字）；三垂，日月星也。觀乎天文，以察時變。示，神事也。　神至切　一上部首

牛鳴也。从牛，象其聲氣从口出。　莫浮切　二上牛部

語已詞也。从口，象氣下引之形。　諸氏切　三上部首

持也。象手有所丮據也。讀若戟。　几劇切　三下部首

手指相錯也。从又，象叉之形。　初牙切　三下又部

矩也。家長率教者。从又舉杖。　徐鍇說彐舉丨為「父」。又，手也；丨，杖也。則當入借體指事又合一文類。　扶雨切　三下又部

羊鳴也。从羊，象聲氣上出。與「牟」同意。　綿婢切　四上羊部

❐合體指事而所合又變形

刈艸也。象包束艸之形。　叉愚切　艸部

㈣變體指事

長行也。从彳引之。　籀文偏旁作「𠂇」。　案：彳訓「小步」，故引彳而長之為長行。　余忍切　二下部首

莫也。从月半見。　案：莫者，日且冥也。日冥則月見矣，故从月半見以見意。　祥易切　七下部首

 變也。从到人。　案：人而倒，變化之意。　呼跨切　八上部首

 歙食气屰不得息曰旡。从反欠。　案：欠為張口气悟，故反欠為气屰不得息。　居未切　八下部首

二、象　形

象形者，畫成其物，隨體詰詘，日、月是也。

「象形」和「指事」，分別在虛實之間。造字之初，有可象的形，有不可象的形。不可象的形，而以符號表示意中的虛形想像，這是「指事」。可象的形，也是由意中先動了繪畫的思想，然後隨著物體彎彎曲曲的畫成物體的形狀，使人能認識，便算達到造字的目的。所以「象形」是圖畫，而不一定是維肖維妙的圖畫。譬如許慎舉日、月二字做例。日字，古文作⊙；月字，古文作☽。一個全圓，一個半圓，只因當中空洞，隨意加上一點，好像後世寫石字，有時也加上一點作石，不過是筆勢之變，並無旁的深意。圓形代表日，半圓形代表月，也不過是取其有分別，其實月亮也何嘗沒有全圓的時候呢？現在為簡明起見，也分為純象形、借體象形、合體象形、變體象形四類，分別舉例如後。

㈠純象形

 雲气也。象形。　去既切　一上部首

 古文蕢。象形。《論語》曰：「有荷臾而過孔氏之門。」　偏旁或作「臾」。　求位切　一下艸部

 古文番。　附袁切　二上采部

大牲也。牛，件也；件，事理也。象角頭三、封、尾之形。　語求切　二上部首

人所以言食也。象形。　古籀文偏旁或作ᗅ。　苦后切　二上部首

籀文嗌。上象口，下象頸脈理也。　伊昔切　二上口部

古文齒字。　昌里切　二下齒部

符命也。諸侯進受於王也。象其札一長一短，中有二編之形。　楚革切　二下部首

鼎屬。實五觳。斗二升曰觳。象腹交文，三足。　郎激切　三下部首

手也。象形。三指者，手之列多，略不過三也。　于救切　三下部首

古文厷。象形。　三下

鳥之短尾總名也。象形。　職追切　四上部首

羊角也。象形。讀若乖。　工瓦切　四上部首

古文鳳。象形。鳳飛，群鳥从以萬數，故以為朋黨字。　四上鳥部

孝鳥也。象形。孔子曰：「烏，盱呼也。」取其助气，故以為烏呼。　哀都切

古文烏。象形。　四上部首

箕屬，所以推棄之器也。象形。官溥說。　北潘切　四下

牡齒也。象上下相錯之形。　五加切　二下部首

叢生艸也。象丵嶽相竝出也。讀若浞。　士角切　三上部首

鬲也。古文亦鬲字，象孰飪五味气上出也。　郎激切　三下部首

爲 古文為。象兩母猴相對形。 三下爪部

㈡借體象形

❐借體象形借一文

玉 石之美有五德：潤澤以溫，仁之方也；䚡理自外，可以知中，義之方也；其聲舒揚，專以遠聞，智之方也；不撓而折，勇之方也；銳廉而不忮，絜之方也。象三玉之連，丨，其貫也。 魚欲切 一上部首

爲 母猴也。王育曰：「爪，象形。」 案：借爪。 三下爪部

羽 鳥長毛也。象形。 案：借彡。 王矩切 四上部首。

鳥 長尾禽總名也。象形。鳥之足似匕，从匕。 都了切 四上部首

❐借體象形又合一文

番 獸足謂之番。从釆。田，象其掌。 案：借田。 附袁切 二下釆部

盾 瞂也。所以扞身蔽目。象形。 鍇本厂聲則是象形加一聲 鍇曰：「𠂆象盾形。」案：亦借厂、借十也。 食閏切 四上部首

❐借體象形又合一文而從其聲

疋 門戶疏窻也。从疋，疋亦聲。囪象䆫形。讀若疏。 所菹切 二下疋部

❐借複體字象形又合一文

器 皿也。象器之口，犬所以守之。 去冀切 三上㗊部

㈢合體象形

❐合體象形合一文

足　足也。上象腓腸，下从止。〈弟子職〉曰：「問疋何止。」古文以為《詩・大疋》字，亦以為足字。或曰：「胥字。」一曰：「疋，記也。」　所葅切　二下部首

𧮫　口上阿也。从口，上象其理。　其虐切　三上部首

爲　母猴也。其為禽好爪。爪，母猴象也。下腹為母猴形。　薳支切　三下爪部

厷　臂上也。从又，从古文𠃊。　古薨切　三下又部

叉　手足甲也。从又，象叉形。　側狡切　三下又部

眉　目上毛也。从目，象眉之形，上象頟理也。　武悲切　四上部首

自　鼻也。象鼻形。　案：下从口，上A象鼻形。　疾二切　四上部首

❐合體象形所合省

羊　祥也。从𦍌，象頭、角、足、尾之形。孔子曰：「牛羊之字以形舉也。」　鍇本作「象四足、尾之形。」　與章切　四上部首

舄　鵲也。象形。　案：在烏部，則是从烏省也。　七雀切　四上烏部

❐象形加一聲

齒　口斷骨也。象口齒之形，止聲。　昌里切　二下部首

(四)變體象形

尸　陳也。象臥之形。　式脂切　八上部首

 ⿺尢皮也，曲脛人也。从大，象偏曲之形。 烏光切 十下部首

 傾頭也。从大，象形。 阻力切 十下部首

 屈也。从大，象形。 於兆切 十下部首

 交脛也。从大，象交形。 古爻切 十下交部

 古文櫱。从木，無頭。 案：「櫱」下云：「伐木餘也。」故去木上，象伐餘之形。 五葛切 六上木部

三、形　聲

形聲者，以事為名，取譬相成，江、河是也。

先有語言，後有文字，這是語文發展的天然的程序。我們必須認清，文字固然是代表意思的符號，實在也是記錄語言的符號。人類造字，不論造的是獨體的文，或是合體的字，都是在語言形成流行以後的事。譬如用象形的方法，去描繪艸、木等形狀，算是可以達成任務。但是艸類、木類以及其他物類，都是名色緐多，如用象形的方法，很難一一描畫出來。而且同是一個聲音，可以代表許多不同的名物，例如桐樹的桐，銅錢的銅，竹筒的筒，聲音完全相同，在使用語言時，有交談的宗旨範圍，有眼前實物可以指點，還不致發生障礙，如果單把音符記錄在紙上，就無法分別了。形聲字為了解決此一困難，故用音符記錄此語言的聲音，又用形符或意符分別此語言的形象。所謂「以事為名，取譬相成」，「事」便是形符或意符，「名」便是字，「取譬」便是用聲符譬況語聲，「相成」便是合成一個字。也即是一邊取一

個字的意義，一邊取一個字的聲音，兩體相合，就稱為形聲字。形聲字和指事、象形的字，並不混淆，因為指事、象形是獨體的文，形聲字是合體的字。形聲字和會意字也不致混淆，因為合體字以意為主，其中不含有聲符在內的，便是會意字。合體字含有聲符在內的便是形聲字。像江、河就是合體含有聲符的字，人們看見江水，語言中早已有了「工」的聲音，而江又是水類的東西，於是造字的人，「以水為名」，注明「工」字的聲符，表示此水即喚作「工」。（現在「江」、「工」聲音微異，是古今音有變化的緣故。）又如人們看見桐樹，語言中早已通行「同」的聲音，因為桐是木類的東西，於是造字的人以木為名，注明「同」字的聲符，表示此木即喚作「同」，就成了桐字。乃至現在造字的人，因為科學家發現了「鐳」，根據「鐳」的聲音，和鐳的屬性，所以金旁加個「雷」的聲符，就成了鐳字。文字有了造形聲字的方法，就可以大量製造各方面的新字。中國文字以形聲字為最多，（朱駿聲統計《說文》九千三百五十三文，內指事一百二十五，象形三百六十四，會意一千一百六十七，形聲七千六百九十七。）就是因為形聲字是最方便的造字法呵！

❒形聲字一形一聲

 江水。出蜀湔氏徼外崏山，入海。从水，工聲。　十一上水部

 河水。出敦煌塞外昆侖山，發源注海。从水，可聲。　十一上水部

❒形聲字二形一聲

 石之青美者。从玉石，白聲。　兵尺切　一上玉部

 水萹茿。从艸，从水，毒聲。讀若督。　徒沃切　一下艸部

芙薻根。从艸水，禺聲。

水艸也。从艸，从水，巢聲。《詩》曰：「于以采藻。」　子皓切　一下艸部

詞之舒也。从八，从曰，囪聲。　昨稜切　二上八部

疾也。从止，从又。又，手也。屮聲。　疾葉切　二上止部

機下足所履者。从止，从又，入聲。　尼輒切　二上止部

諸侯嗣國也。从冊，从口，司聲。　祥吏切　二下冊部

承也。从手，从収，𢆉聲。　扶隴切　三上収部

設飪也。从丮，从食，才聲。讀若載。　作代切　三下丮部

覺悟也。从教，从冂。冂，尚矇也。臼聲。　胡覺切　三下教部

麗爾，猶靡麗也。从冂，从㸚，其孔㸚，尒聲。此與爽同意。　兒氏切　三下㸚部

鳥也。从隹，从人，厂聲。讀若鴈。　五晏切　四上隹部

鵝也。从鳥人，厂聲。　五晏切　四上鳥部

❐形聲字二形一省又加聲

女嫁也。从止，从婦省，𠂤聲。　舉韋切　二上止部

❐形聲字一形二聲

誰也。从口𠃬，又聲。𠃬，古文疇。　直由切　二上口部

 鳥也。从隹，瘖省聲。或从人，人亦聲。 於凌切

❒形聲字二形二聲

 盜自中出曰竊。从穴，从米，禼、廿皆聲。廿，古文疾。禼，古文偰。 千結切　七上米部

❒形聲字省形

 彊曲毛，可以箸起衣。从犛省，來聲。 洛哀切　二上犛部

 臣殺君也。《易》曰：「臣弒其君。」从殺省，式聲。 式吏切　三下殺部

❒形聲字省聲

 戒潔也。从示，齊省聲。 側皆切　一上示部

❒形聲字三形一聲

 珍也。从宀，从玉，从貝，缶聲。 博皓切　七下宀部

❒形聲字四形一聲

 繹理也。从工，从口，从又，从寸。工、口，亂也。又、寸，分理之。彡聲。此與𤔔同意。度，人之兩臂為尋，八尺也。 徐林切　三下寸部

四、會　意

會意者，比類合誼，以見指撝，武、信是也。

類，是事物；誼，是意義。指撝，猶言「指揮」，是說心中所要指出的意思。會意字是會合兩個或兩個以上獨體字的意義，成功一個意義。這組成的份子，不包含聲符，而是組成後成為一個代表語言的聲符。例如語言中先有「武」一個聲音，於是造字的人聯合止、戈兩字的意義，表示出心中所要指出的威武的意象，便成為「武」字，讀法便是語言中「武」的聲音。又聯合人、言兩字的形和義，表示出心中要指出的是信實的意義，便成為「信」字，讀法便是語言中「信」的聲音。這種情況，是因為文明隨時代進步，事物隨時代增緐，獨體的文，不夠應付新發生的事物，所以就已有的獨體指事、象形的文字，增加了形聲、會意兩類造字法，於是中國文字就沒有任何不能表達事物的困難了。現在把《說文》中的會意字分析如次。

❐會意字會二字

 艸生於田者。从艸，从田。　武鑣切　一下艸部

 自命也。从口，从夕。夕者，冥也。冥不相見，故以口自名。　武并切　二上口部

 卵孚也。从爪，从子。一曰：信也。　芳無切　三下爪部

 捕取也。从又，从耳。《周禮》：「獲者取左耳。」《司馬法》曰：「載獻聝。」聝者，耳也。　七

庾切　三下又部

 暴也。从攴，从完。　苦候切　三下攴部

❐會意字會二字省其一以見意

去竹之枝也。从手，持半竹。　章移切　三下部首

❐會意字會二字而一省

蕢也。从艸，胃省。　式視切　一下艸部

共置也。从収，从貝省。古以貝為貨。　其遇切　三上収部

❐會意字會二字而一變形

斷也。从斤斷艸。譚長說。　艸變形　食列切　一下艸部

語相訶歫也。从口辛。辛，惡聲也。讀若櫱。　辛變形　五葛切　二上口部

❐會意字會二字而俱省

所以枝鬲者。从爨省、鬲省。　渠容切　三上爨部

❐會意字會二字

祭主贊詞者。从示，从人口。　之六切　一上示部

安也。从宀，心在皿上。人之飲食器，所以安人。　奴丁切　七下宀部

❐會意字會二字而一變形

籀文折。从艸在仌中，仌寒，故折。　艸變形　一下艸部

❐會意字會二字而省其一

行水也。从攴，从人，水省。　以周切　三下攴部

❐會意字會三字而省其二

柔韋也。从北，从皮省，从夐省。讀若耎。一曰：若儁。　鍇本「儁」作「雋」。　而兖切　三下部首

❐會意字會四字

晞也。从日，从出，从収，从米。　薄報切　七上日部

凍也。从人在宀下，以茻薦覆之，下有仌。　胡安切　七下宀部

❐會意字說解加字以明之者

祭祀也。从示，以手持肉。　子例切　一上示部

玩也。从収持玉。　盧貢切　三上収部

警也。从収持戈，以戒不虞。　居拜切　三上収部

械也。从収持斤，并力之皃。　補明切　三上収部

鳥一枚也。从又持隹。持一隹曰隻，二隹曰雙。　之石切　四上隹部

棄除也。从収，推華糞釆也。官溥說：「似米而非米者，矢字。」　方問切　四下

五、轉注

轉注者，建類一首，同意相受，考、老是也。

六書中，轉注的異說最多，乾隆時，曹仁虎著《轉注古義考》一卷，舉晉衛恆以下至清初邵長蘅的

說法，凡二十餘家，而斷以己意。現在先列述曹氏所舉諸家的說法，最後標舉最正確的解釋。

晉衛恒《書勢》曰：

轉注，考、老是也。以老為耆考也。

案：衛恒即主考、老之說，復於考、老之外，添舉耆字。

唐賈公彥曰：

轉注者，考、老之類是也。建類一首，文意相受，左右相注，故名轉注。

案：賈公彥亦主考、老之說，特其所稱「左右相注」者，未曾詳舉其義。既曰「文意相受」，則是字義之相注，而非字形之相注也。(規案：說見《周禮．地官．保氏》賈疏)

裴務齊曰：

考字左回，老字右轉。

案：左回右轉之說，見裴務齊《切韻》，若郭忠恕《佩觿》、毛晃《增修禮部韻略》，皆論及之。務齊為唐孫愐後增加《唐韻》字數之人，其時雖已改名《唐韻》，而實即《切韻》之本，故亦得稱「切韻」也。徐鍇曰：「今之俗說，謂丂左回為考，右回為老，此乃委巷之言。且又考、老之字不皆从丂，丂音考，老从匕音化也。」郭忠恕曰：「考字左回，老字右轉，其野言有如此者。」毛晃曰：「老字下从匕音化，考字下从丂音考，反丂音呵，各自成文，非反匕為丂也。」蓋左回右轉之說，起於唐人，至宋初已知其非矣。今所傳宋《廣韻》卷後列六書，「六曰轉注，左轉為考，右轉為老是也。」蓋仍《唐韻》之舊文，尚未之改耳。

南唐徐鍇曰：

轉注者，屬類成字，而復於偏旁加訓，博喻近譬，故為轉注。人毛匕為老，耆、耆、耋亦老，故以老字注之。受意於老，轉相傳注，故謂之「轉注」。義近形聲，而有異焉。形聲江、河不同，灘、濕各異；轉注考、老實同，妙、好無隔，此其分也。

案：徐鍇亦主考、老之說，復添舉耆、耆、耋字。趙宧光謂：「老部所領，皆形聲（即諧聲）也。此引三字並非是。」夫耆、耆、耋與考字本屬一類。宧光以考字為轉注，而不以耆、耆、耋為轉注者，蓋以考與丂同聲，故為轉注，耆、耆、耋皆轉聲，故但為諧聲也。不知轉注與諧聲之別，原不因乎同聲與轉聲。宧光欲自申其說，故並《說文》轉注之老字而疑之，且顯與衛恆、徐鍇之說相背，其謬可知矣。又曰：

轉注者，建類一首，同意相受，謂如老之別名，有耆、有耋、有耆、有耇、有耄，又孝子養老是也。（《說文》作「子承老也」。）此等字皆以老為首，而取類於老，則皆從老轉注之，言若水之出源，分歧別派，為江為漢，各受其名，而本同於一水也。又若醫家之言病症，言氣轉相染注也。

宋張有曰：

轉注者，展轉其聲，注釋他字之用也。如其、無、少、長之類。

又曰：

假借者，因其聲借其義；轉注者，轉其聲注其義。

案：張有之論轉注，謂展轉其聲為他字之用。蓋以一字而異聲別義者為轉注，同聲別義者為假借。始與漢唐諸儒異。其所舉其、無、少、長等字，蓋因《說文》有「箕」字而無「其」字，以其簸揚未定，故借為其然之詞。又《說文》「無」（篆文作𣠮。《說文》曰：「亡也。」）字本上聲，即《尚書》「庶艸蕃廡」之「廡」。若有無之「無」（篆文作橆。《說文》曰：「豐也。」）屬平聲者，下从亾字。自李斯書碑諱亾，故借豐義之「無」為有無之「無」。至「少」字為多之對，本上聲，借為去聲老少之「少」。「長」字為短之對，本平聲，借為上聲長幼之「長」，其實即六書中假借之義，非轉注之本旨也。（規案：張有著《復古編》。有，張先之孫。）

毛晃曰：

《周禮》六書轉注，謂一字數義，展轉注釋而後可通，後世不得其說，遂以反此作彼為轉注。衛常《書勢》云：「轉注，考老是也。」裴務齊《切韻》云：「考字左回，老字右轉。」其說皆非。

案：毛晃亦以轉聲假借之字為轉注，其說與張有同，故以衛恆、裴務齊所言為非。其實兩家之說又自不同。裴務齊之誤在於左回右轉，而不在遵用考、老，若衛恆但述《說文》考、老之語，原未嘗誤也。（規案：宋毛晃《增修禮部韻略》。）

鄭樵曰：

轉注別聲與義，故有建類主義，亦有建類主聲，有互體別聲，亦有互體別義。

又曰：

諧聲轉注，一也。役他為諧聲，役己為轉注。轉注也者，正其大而轉其小，正其正而轉其偏者也。

又曰：

立類為母，從類為子，母主義，子主聲。主義者，是以母為主而轉其子；主聲者，是以子為主而轉其母。

又曰：

諧聲轉注，皆以聲別，聲異而義異者曰「互體別聲」，義異而聲不異者曰「互體別義」。

案：鄭樵所分轉注四類：曰「建類主義轉注」，列字凡五十。曰「建類主聲轉注」，列字凡二十。曰「互體別聲轉注」，列字凡二百五十四。曰「互體別義轉注」，列字凡四十八。其前二類，約從「建類一首」立論，舉老部、履部、寥部、苜（音蔑，瞢字从之。）部、宂（音汪。尪、尫字从之。鄭氏又引尩字，即尫字之譌複字。）

部及弦（竗盭縎字从之。）部諸字為例，皆取《說文》建類之相同者，而其中亦互有出入，如八、四、六為數目之本字，弌、弍、弎乃一、二、三之別體，皆非轉注。「鳳」為象形字，「凰」乃「皇」字之俗體，又𩨷、𩨹與𩨺、𩨻必兩字連舉而其義始見，即不得謂之轉注。至於「耀」字从耀得聲，而「耀」从入得聲。「圅」字从马得聲，而「圅」字从合得聲。「虒」字从厂（音曳）得聲，而「扁」字从扁得聲，皆可謂之諧聲，不可謂之轉注也。其後二類，約從左右相注立論，然其中所引，如杲、東等字當為會意類；如棨、棇（《玉篇》木名）等字，當為諧聲類，蓋不能盡合於《說文》之本義矣。（重規案：樵說見所著〈六書略〉。）

戴侗曰：

何謂轉注，因文而轉注之，側山為𠂤（即阜字），反人為匕（音比），反欠為旡（音既），反子為𠫓（音突）之類是也。

案：戴侗之說，專以字形之反正倒側各自成義者而言，此亦會意之屬；以之當轉注，誤矣。（規案：侗著《六書故》三十三卷。）

元楊桓曰：

轉注者，象形會意之文，不足以備其文章言語變通之用，故必須二文、三文、四文轉相注釋以成一字，使人繹之而自曉其所為所用之義，故謂之轉注。

又曰：

轉注者，承指事而作也。指事之體，由會意之變而生，轉注又生於指事之變也。故指事之初，或直指其事，或形指形，或意指意，或形意互相指，轉注已兆于斯，又以二文、三文共指其一形一意，而轉注之體所由著也。然轉注之作，雖承乎指事，其旨則實不出乎會意，蓋由會意之意，止能因其象形而見之。若夫天地之間萬有之意，固非一象形之動變所能盡者，苟不並累眾文，互轉以成注，其意何由而足！故轉注之制，或二文成一字，或三文成一字，或四文成一字，四文又不足，又取已集成字者雜其文而用之，意足而後止也。

案：楊桓之說，以二文、三文、四文之義合而成字者，即為轉注，又與諸儒異，此亦會意中之一類，未可以論轉注。（規案：楊著《六書統》、《六書溯源》。）

周伯琦曰：

轉注者，聲有不可窮，則因形體而轉注焉。帀、之是也。

案：周伯琦亦以字之變體為轉注，其誤與戴侗同。（規案：伯琦著《說文字原》一卷、《六書正譌》五卷。）

明趙古則曰：

轉注者，展轉其聲，而注釋為他字之用者也。有因其意義而轉者，有但轉其聲而無意義者，有再轉為三聲用者，有三轉為四聲用者，至於八九轉者亦有之。其轉之之法，則與造諧聲相類，有轉同聲者，有轉旁聲者，有惟取其書而轉者。其別有五；曰因義轉注者，如「惡」本善惡之惡，以其惡也則可惡（去聲），故轉為憎惡之惡。「齊」本齊一之齊，以其齊也則如齊（「齋」同），故轉為齊莊之齊。此其類也。曰無義轉注者，如「荷」本蓮荷，而轉為負荷之荷（去聲）；「雅」本為烏雅之雅（「鴉」同），而轉為風雅之雅（上聲）。此其類也。曰因轉而轉者，如「長」本長短之長，長則物莫先焉，故轉為長幼之長（上聲）；長則有餘，故又轉為長物之長（去聲）。「行」本行止之行，行則有蹤迹，故轉為德行之行（去聲）；行則有次序，故又轉為行列之行（音「杭」）；又為行行（即《論語・子路》「行行如也」之「行」）之行（音「桁」）。此其類也。此三者謂之「託生」。又有二用：曰雙音並義，不為轉注者，如朋（去聲，古「鳳」字。《說文》謂鳳飛群鳥從之，故借以為朋黨字）皇之朋即鵬朋之朋（平聲），皆象其飛形；杷杤（同「柄」）之杷，補訝切（音「霸」，去聲），收麥之器，白加切（音「爬」，平聲），又為木名（此即枇杷之杷），樂器之枇杷（《釋名》本从木，俗作琵琶），皆得从木以定意，从巴以諧聲。此其類也。是謂「反生」。又有兼用：曰假借而轉注者，如「來」乃來牟之來，既借為往來之來；又轉為勞來之來（去聲）。「風」乃風蟲之風，既借為吹噓之風，又轉為風刺之風（去聲）。此其類也。又有方音叶音不在轉注例者，如聯叕之叕，陟衛切，南方之人則有株列切；兄弟之兄呼庸切，東吳之人則有呼滎切；上下之下讀如華夏，押於語韻則音如戶；明諒之明讀如姓名，押於陽韻則音如芒；凡此之類，不能悉載。若夫衰有四音，齊有五音，不有六音，從有七音，差有八音，射有九音，辟有十一音之類。或主意義，或無意義，然轉聲而無意義者多矣，學者引伸觸類而通其餘可也。自許叔重以來，以同意相受考、老字為轉注，康成以之而解經，漁仲以之而成略，遂失轉注之本旨。蕭楚謂一字轉其聲而讀之，是為轉注。近世程端禮有轉注為轉聲假借為借聲之說，惜通不能立例，論無攸定，余故不得不為之詳辨也。今夫老字从人从毛从匕者，人之毛化而白則為老，會意字也。考者，老也；故从老省定意，从丂者諧聲字也，初非以老字轉而為考也。又若耆、耇、𦒱、𦓐、孝、耋六字，皆从老省以為意，从旨、句、勿、占、至以為聲，孝則从子承父道而為會意。今夾漈以之入轉注之篇，可乎哉！

案：趙古則從張有轉聲之說，復多為之條目，未嘗不極其強辯；然所言終屬假借之義，非轉注之本旨。

（規案：明趙撝謙原名古則，餘姚人。著有《六書本義》。）

楊慎曰：

六書當分六體。班固云：「象形、象事、象意、象聲、假借、轉注是也。」（案：《漢書》原文轉注本在假借前，楊氏誤引作假借、轉注。）六書以十分計之，象形居其一，象事居其二，象意居其三，象聲居其四。假借，借此四者也；轉注，注此四者也。四象以為經，假借、轉注以為緯，四象之書有限，假借、轉注無窮也。鄭漁仲〈六書略〉論假借極有發明，至說轉注則謬以千里矣。原轉注之義，最為難明，《周禮》注云：「一字數義，展轉注釋而後可通。」後人不得其說，遂以反此作彼為轉注。許慎云：「轉注，考、老是也。」毛晃云：「考、老各自成文，非反考為老。」王柏亦以考、老之訓為非。蕭楚謂：「一字轉其聲而讀，是為轉注。」程端禮謂：「假借借聲，轉注轉聲。」皆合《周禮》注展轉注釋之說，（案：一字數義為轉注，其說始於宋之張有及毛晃，並不見於《周禮》注。在毛晃之言曰：「《周禮》六書轉注，謂一字數義，展轉注釋而後可通。後世不得其說，遂以反此作彼為轉注。」

蓋毛氏自申其議論如此。楊氏用其說而不察其文義，遂直以為《周禮》注之文，則舛謬甚矣。）可正考老之謬矣。

又曰：

假借者，借義不借音，如兵甲之甲，借為天干之甲；魚腸之乙，借為天干之乙。義雖借而音不變，故曰假借。轉注者，轉音而注義，如「敦」本敦大之敦，既轉音頓，而為《爾雅》敦丘之敦；又轉音對，而為《周禮》玉敦之敦。所謂一字數音也。假借如假物於鄰，或宋或吳，各從主人。轉注如注水行地，為浦為溆，各有名字矣，是奚可同哉？

案：楊慎主轉聲之說，故以一字數音者為轉注，一音數義者為假借，亦與《說文》不合。蓋一字數音，與一音數義，雖有轉聲同聲之分，其實皆假借也。至於楊氏《轉注古音略》一書，專就異音之字分屬之叶韻，而證以經史諸書，以為即古之所謂轉注者，其實不過用張有之說而加汎濫焉，乃叶韻之音義，而無當於轉注之本旨也。其書謂之轉注古音，則稱名已誤，而其他可勿論矣。

陸深曰：

轉注者，轉其音以注為別字，令、長之類是也。假借者，不轉音而借為別用，能、朋之類是也。

案：陸深之說亦主轉音，其誤與張有同。以《說文》所釋假借令、長二字移於轉注，而別舉能、朋二字屬之假借。（規案：深著《儼山纂錄》、《儼山集》。）

王應雷曰：

轉注者，聲出于天，或有餘焉，或不足焉。聲之有餘也，一義而合為一聲，不能聲為之制字也。故以一字而轉為數聲轉注之，謂之轉注。

案：王應雷以一字數聲為轉注，其誤亦與張有同。（規案：應雷撰《同文備考》八卷，附《聲韻會通韻要粗釋》二卷。）

朱謀㙔曰：

轉注因諧以廣音，南北殊聲，平仄異讀，謨轉慕、莫之類。

案：朱謀㙔之說，近於四聲等韻之學，與轉聲之說相似，而又小異焉。蓋張有、趙古則之說，就一字而轉其音義，朱氏之說則轉其音義而各自為字，然亦非轉注也。（規案：謀㙔著《六書本原》一卷。）

張位曰：

轉注謂一字數義，展轉注釋，可通用也。

案：張位全用趙古則之說，其所舉長字、行字，即古則書中之語，而略加添綴，其誤與趙古則同。（規案：張位撰《問奇集》，考論諸字訓詁，分十九門，一，六書大義。）

吳元滿曰：

轉注者，假借不足，故轉聲以演義，因形事意聲四體展轉，聲音注釋，為他字之用，故曰轉注。有轉聲注釋別義，有轉聲但取叶韻，有轉本音注釋他義，有轉別音注釋他義，有別音注義，有別音叶韻，有轉而復轉，有雙聲並轉，有因轉復借。其正生者四種：一曰「轉聲注義」，二曰「轉聲叶韻」，三曰「本音注義」，四曰「轉音注義」。其變生者四種：一曰「別音注義」，二曰「別音叶韻」，三曰「轉而復轉」，四曰「雙聲並轉」。其兼生者一種，曰「因轉復轉」。以此九類推測，而轉注之義盡矣。

案：吳元滿亦宗趙古則之說，而復參以己見，分門別類，總不離乎假借也。其誤亦與趙古則同。（規案：元滿著有《六書正義》十二卷、《六書總要》五卷、《六書泝原直音》二卷。）

焦竑曰：

趙古則論轉注云「展轉其聲，而注釋為他字之用」，可謂思過半矣。末節所論，真中夾漈之膏肓，而起叔重之廢疾也。然其云「雙音並義」不為轉注者，「旁音（趙氏原書作「方音」）協音」不在轉注例者又非也。蓋轉注為六書之變，而雙音並義、旁音協音，又轉注之變也。若曰不為轉注，則當為何事，不在轉注例，則何以例之乎？

案：焦竑亦主轉聲之說，故以趙古則所論為能起叔重之廢疾，均未能知叔重者也。（規案：竑著《俗書刊誤》十二卷、《焦氏筆乘》八卷。）

甘雨曰：

假借，非本字也；轉注，非本音也。古韻某字轉音某，自本音而翻得之，即轉注之義。或本韻一字有二三出者，轉音不同，取義亦別，故不厭重複。

案：甘雨以轉音為轉注，亦即趙古則之說。（規案：甘雨撰《古今韻分註撮要》五卷。）

趙宧光曰：

轉注者，聲意共用也。取其字，就其聲，注以他字而義始顯。如丂字象气難上出之形，而老人䰇噎似之，於是取老字省其下體以注於丂上，而義始足也。

又曰：

同聲者為轉注，如考同丂之類；轉聲者為諧聲，如耉諧句、耇諧占之類；非聲者為會意，如孝从老子、耆从老旨之類。

又曰：

轉注之體，大類形聲（即諧聲）：轉注同聲，形聲異聲，此二書之分；而其刱法之初，絕然不混也。但須毋離所引考、老二字本旨，則不倍古人矣。

又曰：

撝謙諸家，多以假借之轉聲者為轉注，余以諧聲之不轉聲者為轉注，二說相持，孰為得失？是不難，許氏有成案在也。論假借則曰：令、長是矣；為轉注則曰：考、老是矣。故余之所是，許氏亦是之，撝謙之所是，許氏必非之。余不敢自信，信許氏爾；不信許氏，信漢故義爾。

案：趙宧光之說，以諧聲中之同聲者為轉注，而轉聲者為諧聲。又與諸儒異。（規案：宧光撰《說文長箋》一百零四卷、《六書長箋》七卷。宧光學至空疏，顧亭林斥其好行小慧，不學牆面者也。《六書長箋》以許氏敘內釋六書之義者，分為前六卷之首。又備列班固、衛恆、賈公彥、徐鍇、張有、鄭樵、戴侗、楊桓、劉泰、余謙、周伯琦、趙古則、王應電、王鏊、僧真空、朱謀㙔、張位、熊朋來、吳元滿十九家之說，更以己說列於後。）

方以智曰：

自漁仲乃明假借之用，撝謙用修與弱矦乃明轉注之用。而凡夫復主叔重考、老之說，以諧聲之偏旁為轉注，拘矣。（規案：以智著《通雅》。）

清顧炎武曰：

凡上去入之字，各有二聲，或三聲四聲，可遞轉而上，同以至於平，古人謂之轉注。

案：顧炎武〈音論〉所列六書轉注之解，亦載張有、毛晃、趙古則、楊慎諸家之說。蓋顧氏本推論古音，故有取於轉聲之義。

潘耒曰：

一字而具數音，或有異義，或無異義，此即轉注、假借之法。（規案：潘耒撰《類音》八卷。）

邵長蘅曰：

六書始於象形，終於轉注。許氏《說文》以考、老為轉注，後世因之。宋毛氏乃斥考、老為非，其說謂老从匕，考从丂，各自成文，非反匕為丂。《周禮》六書轉注，謂一字數義，展轉注釋而後可通耳。趙氏《六書本義》，又備論轉注流別有五，而足以方音叶音，其說逾備。明楊升菴慎取其說，著《轉注古音略》五卷，其博采經典注疏、子史雜家，及論旁音叶音，雖不無好奇之過，而亦實有補才老所未備者，二書蓋古韻之權輿也。

案：邵長蘅亦以轉聲為轉注，故極推趙古則、楊慎兩家之說。（規案：長蘅著《古今韻略》。）

江聲〈六書說〉曰：

轉注則由是而轉焉，如挹彼注茲之注，即如考、老之字，老屬會意也，人老則須髮變白，故老从人毛匕，此亦合三字為誼者也。立老字以為部首，所謂「建類一首」。考與老同意，故受老字而从老省，老字之外如者、耋、耄、耇之類，凡與老同意者，皆从老省而屬老，是取一字之意以槩數字，所謂「同意相受」。叔重但言考者，舉一以例其餘爾。由此推之，則《說文解字》一書，凡分五百四十部，其始一終亥五百四十部之首，即所謂一首也。下云凡某之屬皆从某，即同意相受也。此皆轉注之說也。

規案：同於江說者，有許宗彥、孔廣居、張行孚、陳澧諸家。陳澧〈書江艮庭徵君六書說後〉曰：「江徵君〈六書說〉，惟轉注異於常解而義甚確。」

戴震《東原集・卷三・答江慎修先生論小學書》曰：

考、老二字屬諧聲會意者字之體，引之言轉注者字之用。古人以其語言立為名類，通以今人語言，猶曰互訓云爾。轉相為注，互相為訓，古今語也。《說文》於考字訓之曰老也，於老字訓之曰考也，是以序中論轉注舉之，《爾雅・釋詁》，有多至四十字共一義，其六書轉注之法歟？別俗異言，古雅殊語，轉注而可知。數字共一用者，如初、哉、首、基之皆為始，卬、吾、台、予之皆為我，其義轉相為注曰轉注。一字具數用者，依于義以引伸，依于聲而傍寄，假此以施於彼曰假借，所以用文字者，斯其兩大端也。

案：同於戴氏之說者，有段玉裁、王筠、黃式三、張度、胡琨諸家。段氏之說曰：「轉注猶言互訓也。注者，灌也，數字展轉，互相為訓，如諸水相為灌注，交輸互受也。轉注者，所以用指事、象形、形聲、會意四種文字者也。數字同義，則用此字可，用彼字亦可。」「建類一首，謂分立其義之類而一其首，如

《爾雅・釋詁》第一條說始是也。同意相受，謂無慮諸字意旨略同，義可互相灌注，而歸于一首，如初、哉、首、基、肇、祖、元、胎、俶、落、權輿，其於義或近或遠，皆可互相訓釋，而同謂之始是也。獨言考、老者，其顯明親切者也。但類見於同部者易知，分見於異部者易忽。如人部『但，裼也』、衣部『裼，但也』之類，學者宜通合觀之。異字同意，不限於二字，如裼、嬴、裎皆曰但也，則與但為四字。窒、窴皆曰窒也，則與窒為三字是也。」

曹仁虎〈轉注說〉曰：

夫《說文》考、老之說，最為古義，晉、唐諸儒，皆遵守之而無有異說。然則欲定轉注之義，仍當以《說文》「建類一首，同意相受」二語求之。既曰「建類一首」，則必其字部之相同，而字部異者非轉注也；既曰「同意相受」，則必其字義之相合，而字義殊者非轉注也。《說文》於轉注，特舉考、老以起例，而考字从丂字得聲，則必其字音之相近，而字音別者，非轉注也。故轉注近乎會意，而與會意不同。轉注者，以此合彼，而不離其原義。如以老合丂為考，而考字仍與老字同義；以老合蒿為蒿，而蒿字仍與老字同義。推之从老合毛為耄，而耄字亦即老字之義；以老合旨為耆，而耆字亦即老字之義；以老合句為耉，而耉字仍有老字之義；从老合占為耆，而耆字仍有老字之義。會意者，以此合彼，而各自為義，如止戈為武，而武字已非止字之義；人言為信，而信字已非人字之義。此轉注與會意之分也。轉注又近乎諧聲，而與諧聲不同。轉注者，彼與此本屬同意，如丂字本有气礙之象，老人之哽噎似之，故以老合丂為考，从丂得聲，而仍與老同義。

𠷎字本有屈曲之象，老人之傴僂似之，故以老合𠷎為耇，从𠷎得聲，而仍與老同義。推之毛為眉髮之義，與老人之頭白有合，故以老合毛為耄，从毛得聲，而即从老得義。旨有意指之義，與老人之指使有合，故以老合旨為耆，从旨得聲，而即从老得義。老人面黎若坸（同「垢」），故以老合句為耇，从句得聲，而亦从老得義。老人面斑如點，故以老合占為耆，从占得聲，而亦从老得義。諧聲者，彼與此一主義而一主聲，如以水合工為江，工字本無水義，而但取其聲；以水合可為河，可字本無水義，而但取其聲。此轉注與諧聲之分也。至於以轉注為轉音，尤易惑人。蓋轉注又近於假借而與假借不同。轉注者，一義而有數文，故耇、考皆有老義，而老亦可稱耇、考，耄、耆皆有老義，而老亦可稱耄、耆。假借者，一文而有數義，故令為號令之令，亦為令善之令，又為使令之令；長為長短之長，亦為久長之長，又為長幼之長。此轉注與假借之分也。

規案：曹氏立說，頗為謹嚴。然謂字音別者非轉注，而舉例之耆、者諸字，其字音殊遠，亦其疏也。

朱駿聲《說文通訓定聲》論轉注曰：

轉注者，體不改造，引意相受，令、長是也。假借者，本無其意，依聲託字，朋、來是也。凡一意之貫注，因其可通而通之為轉注；一聲之近似，非其所有而有之為假借。就本字本訓而因以展轉引伸為他訓者曰轉注；無展轉引伸而別有本字本訓可指名者曰假借。依形作字，覩其體而申其義者，轉注也；連綴成文，讀其音而知其意者，假借也。假借不易聲而役異形之字，可以悟古人之音語；轉注不易字，而有無形之字，可以省後世之俗書。假借數字供一字之用，而必有本字；

轉注一字具數字之用，而不煩造字。轉者，旋也，如發軔之後，愈轉而愈遠。轉者，還也，如軌轍之一，雖轉而同歸。試即以考譬之，胡考之休為本訓，老也；考槃在澗為轉注，成也；弗鼓弗考為假借，攷也。攷者，攷字之訓也。又試以令譬之，自公令之為本訓，命也；秦郎中令為轉注，官也；令聞令望為假借，善也。善者，靈字之訓，實良字之訓也。轉注無他字，而即在本字，故轉注居假借之前；假借有本字，而偶用別字，故假借附六書之末。若此則訓詁之法備，六書之誼全，保氏之教著。

規案：朱氏說六書雖為異端，言訓詁則推巨擘。

章太炎先生《國故論衡・轉注假借說》曰：

由段氏（玉裁）之說推之，轉注不繫於造字，不應在六書。由許瀚所說推之，轉注乃豫為《說文》設，保氏教國子時，豈懸知千載後有五百四十部書邪？余以轉注、假借，悉為造字之則。汎稱同訓者，在後人亦得名轉注，非六書之轉注也；同聲通用者，後人雖通號假借，非六書之假借也。蓋字者孳乳而浸多，字之未造語言先之矣。以文字代語言，各循其聲，方語有殊，名義一也，其音或雙聲相轉，疊韻相迆，則為更制一字，此所謂轉注也。何謂「建類一首」？類，謂聲類；首者，今所謂語基。考、老同在幽部，其義相互容受，其音小變，按形體成枝別，審語言同本株，雖制殊文，其實公族也。循是以推，有雙聲者，有同音者。適舉考、老疊韻之字以示一端，得包彼二者矣。故明轉注者，經以同訓，緯以聲音，而不緯以部居形體，同部之字，聲近義同固亦有轉注者矣，許君則聯舉其文，以示微恉。如芓，麻母也；萁，芓也；古音同在之類。蓨，苗也；苗，蓨也；古音同在幽部。若斯類者，同均而紐或異，則一語離析為二也。即紐、均皆同者，于古宜為一字，漸及秦漢以降，字體乖分，音讀或小與古異，《凡將》、《訓纂》相承別為二文。故雖同義同音，不竟說為同字，此轉注之可見者也。顧轉注不局於同部，但論其聲，其部居不同，若文不相次者，如士與事，了與尥，火與焜、燬，在古一文而已。其後聲音小變，或有長言短言，判為異字，而類誼未殊，悉轉注之例也。若夫、畐備同在之類，用、庸同為東類，咼、瘑同在歌部，惶、恇同在陽部，于古語皆為一名，以音有小變，乃造殊字，此亦所謂轉注者也。其以雙聲相轉，一名一義而孳乳為二字者，尤彰灼易知，如屏與藩、亾與無、諆與謨、空與窠，此其訓詁皆同，而聲紐相轉，本為一語之變，益燦然可睹矣。若是者為轉注。「類」謂聲類，非謂五百四十部也。「首」謂語基，非謂凡某之屬皆从某也。戴、段諸君說轉注為互訓，大義炳然，顧不明轉注一科為文字孳乳之要例，乃汎謂初、哉、首、基訓始，並為轉注，立例過濫，于造字之則既無與。元和朱駿聲病之，乃以引伸之義為轉注，正許君所謂假借。轉注者，繁而不殺，恣文字之孳乳者也；假借者，志而如晦，節文字之孳乳者也。造字者以為緐省大例，知此者希，能理而董之者鮮矣。

規案：章先生論轉注義最精，原文過長，今刪取其要。〈轉注假借說〉又引舊籍證類為聲類之類，其言曰：「鄭君〈周禮序〉曰：『就其原文字之聲類。』夏官序官注曰：『薙讀如鬀小兒頭之鬀。書或為夷，字从類耳。』古者類律同聲，以聲韻為類，猶言律矣。首者，今所謂語基。《管子》曰：『凡將起五音凡首。』〈地圓篇〉《莊子》曰：『乃中經首之會。』〈養生主篇〉此聲音之基也。《春秋傳》曰：『季孫召外史掌惡臣而問盟首焉。』杜解曰：『盟首，載書之首章。』《史記・田儋列傳》曰：『蒯通論戰國之權變為八十一首。』此篇章之基也。《方言》曰：『人之初生謂之首。』初生者對孳乳浸多，此形體之基也。」

又〈小學略說〉曰：

> 轉注之說，解者紛緐。或謂同部之字，筆畫增損，而互為訓釋，斯為轉注。實則未見其然。《說文》所載各字，皆隸屬部首，亦有從部首省者：犛部有氂、有斄，氂與斄，非純从犛，从犛省也。爨部有䰞、有釁，但取爨之頭，而不全从爨也。畫部有晝；㝱部有寐、有寤、有寱。晝為畫省，寤、寐、寱皆非全部从㝱。且氂，犛牛尾也；斄，彊曲毛也，與犛牛非同意相受。䰞，所以支鬲；釁，血祭，亦非同意。畫，介也；晝，日之出入，與夜為介，意亦有歧。寐，臥也，雖與㝱義較近，而寤則寐覺而有言，適與相反。謂生關係則可，謂同意相受則不可。不特此也，《說文》之字，固以部首為統屬，亦有特別之字雖同在一部而不从部首者：烏部有焉、有舄，與部首全不相關，意亦不復相近。犛、爨、畫、㝱四部，尚可強謂與考、老同例，此則截然不相關矣。準此，應言建類一首，同意不相受，而江聲、曾國藩堅主同部之說，何耶？

規案：此駁江聲建類一首為同部之說。

又曰：

戴東原謂《說文》考、老也轉相訓釋，即所謂「同意相受，建類一首」者，謂義必同耳。《爾雅》：「初、哉、首、基、肇、祖、元、胎、俶、落、權輿，始也。」此轉注之例也。余謂此說太泛，亦未全合。《爾雅》十二字，雖均有始義，然造字時，初為裁衣之始，哉（即「才」字）為艸木之初，始義雖同，所指各異。首為生人之初，基為築室之初，雖後世混用，造字時亦各有各義，決不可混用也。若《爾雅》所釋，同一訓者，皆可謂同意相受，無乃太廣泛矣乎？

規案：此駁戴、段之說。

又曰：

於是許瀚出而補戴之闕。謂戴氏言同言同訓即轉注固當，然就文字而論，必也二義相同，又復同部，方得謂之轉注。此說較戴氏為精，然意猶未足。何以故？因五百四十部非必不可增損故。如烏、舄、焉三字，立烏部以統之。若歸入烏部，說从烏省，亦何不可。況《說文》有瓠部，瓠部有瓢字，瓢从瓠省。實則瓠从瓜，瓢亦从瓜，均可歸入瓜部，不必更立一部也。且古籀篆字形不同，有篆可入此部，而古籀可入彼部者，是究應入何部乎？「鴟」小篆从隹，「雕」籀文从鳥，應入鳥部乎？隹部乎？未易決也。轉注通古籀篆而為言，非專指小篆。六書之名，先於《說文》，貫通古籀篆三。如同部云云，但依《說文》而言，則與古籀違戾，故許氏之說雖精於戴，亦未可從也。

規案：此駁許氏同義同部之說。

又曰：

劉台拱不以小學名，而文集中〈論六書〉一文，識見甚卓。謂所謂轉注者，不但義同，音亦相近。此語較戴氏為有範圍。轉注云者，當兼聲講，不僅以形義言。所謂同意相受者，義相近也；所謂建類一首者，同一語原之謂也。同一語原，出生二字，考與老，二字同訓，聲復疊韻。古來語言不齊，因地轉變，此方稱老，彼處曰考，此方造老，彼處造考，故有考、老二文。造字之初，本各地同時並舉，太史采集異文，各地兼收，欲通四方之語，故立轉注一項。是可知轉注之義，實與方言有關。《說文》同部之字固有轉注，異部之字亦有轉注，不得以同部為限也。《說文》於義同音同部首同者，必聯緜屬綴，此許君之微意也。余著《國故論衡》，曾舉四十餘字作證。今略言之。艸部：當，蓄也；蓄，當也。蓨，苗也；苗，蓨也。交互為訓，緜聯相屬，即示轉注之意。所以分二字者，鄦君之書，非由己創，亦參考古書而成。當、蓄、蓨、苗，《爾雅》已分，故《說文》依之也。又如袒、裼、裸、裎，袒許書作但，裼古音如鬄，但、裼古雙聲，皆在透母。裸，但也；裎，但也。裎，今舌上音，古人作舌頭音，讀如聽，亦在透母。裸在今來母，於古亦雙聲。此皆各地讀音不同，故生異文。由今論之，古人之文，較今為簡，亦有緐於今者。《孟子》「雖袒裼裸裎於我側，爾焉能浼我哉！」實則但言「袒於我側」可矣。又古人自稱曰我、曰吾、曰卬、曰言。我、吾、卬、言，初造字時，實不相關。語言轉變，遂皆成我義。低卬之卬，言語之言，豈為自稱而造。因各地讀音轉變而叚用耳。又古人對人稱爾、稱女、稱戎、稱若、稱而。《說文》爾作尒，既造尒為對人之稱，其餘皆因讀音轉變而孳生之字。女即借用男女之女，戎即借用戎狄之戎，若即借用擇菜之若，而即借用須髯之而。古無彈舌音，女、戎、若、而，皆入泥母。以今音準之，你音未變，或讀為奴、為儂，而讀為柰，皆入泥母。今蘇滬江浙一帶，或稱柰，或稱你，或稱奴，或稱儂，則古今音無甚異也。又汪、潢、湖、汙四字，音轉義同，小池為汙，《左傳》「周氏之汪」，汪訓池，亦稱為潢，今匣母，轉而為汙潢，《漢書》「盜弄陛下之兵於潢池中耳」，《左傳》亦稱「潢汙行潦」。汪今影母，音變為湖，汙湖陰聲，無鼻音，汪潢陽聲，有鼻音，陰陽對轉，乃言語轉變之樞紐。言與我，吾與卬，亦陰陽對轉也。語言不同，一字變成多字，古來列國分立，字由各地自造，音亦彼此互異，前已言之。今南方一縣之隔，音聲即異，況古代分裂時哉。然音雖不同，而有通轉之理。《周禮・大行人》：「屬瞽史諭書名，聽聲音。」瞽不能書，審音則準。史者，史官，職主記載。諭書名者，汙、潢彼此不同，諭以通彼此之意也。聽聲音者，聽其異而知其同也。汪、汙、潢、湖，聲雖不同，而有轉變之理。說明其理，在先解聲音耳。如此，則四方之語可曉。否則踰一地，越一國，非徒音不相同，字亦不能識矣。六書之有轉注，義即在此。不然，但、裼、裸、裎，汪、汙、潢、湖，彼此焉能通曉？下三字與上一字，音既相同，義亦不異，此所謂「建類一首，同意相受」也。古者方國不同，意猶相通，造字之初，非一人一地所專，各地各造，倉頡採而為之總裁。後之史籀、李斯，亦彙集各處之字，成其《史籀篇》、《倉頡篇》。秦以後字書亦然，非倉頡、史籀、李斯之外，別無造字之人也。庶事日緐，文字遂多。《說文》之後，《玉篇》收兩萬字，《類篇》收五萬字，皆各人各造而編書者彙集之。後人如此，古人亦然。許書九千字，豈叔重一人所造，亦采前人已造者耳。荀子云：「好書者眾矣，而倉頡獨傳者，一也。」斯明證矣。是故轉注在文字中乃重要之關鍵，使全國語言彼此相喻，不統一而自統一，轉注之功也。

規案：以上言轉注當兼聲講，不僅以形義言。轉注為造字法，與方言關係極大。

我們考求六書的真相，第一須認清六書是六種造字的法則，《漢書・藝文志》說：「故《周官・保氏》，掌養國子，教之六書，謂象形、象事、象意、象聲、轉注、假借，造字之本也。」既然六書是造字的法則，所以戴、段諸家四體二用的說法，把轉注說成是用字互訓的方法，自然不能成立。章氏認定轉注是造字的方法，又指明轉必兼聲講，而看出轉注造字是由於方言流轉的原因，這是章氏見解卓越的地方。我們試看父、母二字，父字俗語或讀為巴，故出生一個爸字。（見《廣雅・釋詁》）（閩人呼郎罷）姆是母的後起字，俗呼母為嬤、為媽，都是方音的轉變。（語助詞「麼」變為「嗎」）啡是唾罵聲（見《玉篇》）音變，故又造呸字（見元人劇），俗語助詞吧和啵也是音轉而造的新字。孟子說：「洚水者，洪水也。」洚、洪也是方音不同而形成的轉注字。乃至翻譯外國語文，如各國的人地名，初時都是譯音加口旁，如嘆、嗼等字，有的寫成嗼，有的寫成咪，這便是轉注；鐳字有人譯寫成鉬，這也是轉注。乃至馬來西亞、新加坡寫咖啡為嗻呸，這便是很顯著的由於方音不同而造的轉注字。可見章氏對轉注的解釋，實在是通貫古今的卓越見識。不過關於「建類一首」的解釋，雖然是可以說為聲類語基，但是形體的說解也不可偏廢。我們看許慎〈說文後敘〉有幾句話：

其建首也，立一為耑，方以類聚，物以群分。

正與「建類一首」一語辭意相近。不過，即使刻定建類為形體之類，仍難拘限於部首，例如有些字从隹又从鳥，从口又从言，也還不能說不是同類之首，因此，我以為類首不妨兼包形與音在內，似乎立說還要更加圓融。現在依據章說分為同部轉注與異部轉注兩類。

㈠同部轉注例

❒雙聲轉注

強　《說文》云：「蚚也。从虫，弘聲。」　巨良切

蚚　《說文》云：「強也。从虫，斤聲。」　巨衣切
強（ㄑㄧㄤˊ），蚚（ㄑㄧˊ），同ㄑ聲。古溪母。

改　更也。从攴，己聲。（大徐無「聲」字）　古亥切

更　改也。从攴，丙聲。　古孟切
改（ㄍㄞˇ），更（ㄍㄥ）。古同見母。

顛　頂也。从頁，真聲。　都年切

頂　顛也。从頁，丁聲。　都挺切

顛(ㄉㄧㄢ)，頂(ㄉㄧㄥˇ)。古同端母。

❐疊韻轉注

芋　大葉實根，駭人，故謂之芋也。从艸，亏聲。　王遇切

莒　齊謂芋為莒。从艸，呂聲。　居許切

芋(ㄩˋ)，莒(ㄐㄩˇ)。古同魚部。

標　木杪末也。从木，票聲。　敷沼切

杪　木標末也。从木，少聲。　亾沼切

標(ㄅㄧㄠ)，杪(ㄇㄧㄠˇ)。古同宵部。

❐同音轉注

茦　莿也。从艸，朿聲。　楚革切

莿　茦也。从艸，刺聲。　七賜切

茦(ㄘˋ)，莿(ㄘˋ)。同音。

焜　火也。从火，尾聲。《詩》曰：「王室如焜。」　許偉切

燬　火也。从火，毀聲。《春秋傳》曰：「衛侯燬。」許偉切

　　焜，燬。同音。

㈡異部轉注例

❐雙聲轉注

但　裼也。从人，旦聲。徒旱切

裎　袒也。从衣，呈聲。丑郢切　袒，但之借。

　　但，古定母。裎，古透母。同類雙聲。

❐疊韻轉注

咼　口戾不正也。从口，冎聲。苦媧切

瘍　口咼也。从疒，為聲。韋委切

　　咼，瘍。古同歌部。瘍，影歌。

❐同音轉注

傲　倨也。从人，敖聲。五到切

奡　嫚。从百，从夰，夰亦聲。〈虞書〉曰：「若丹朱奡。」讀若傲。五到切

　　傲，奡。古同音。

俑　痛也。从人，甬聲。　他紅切

恫　痛也。从心，同聲。　他紅切

　　俑ㄊㄨㄥ，恫ㄊㄨㄥ。古同音。

六、假　借

假借者，本無其字，依聲託事，令、長是也。

章氏〈小學略說〉曰：「假借之與轉注，正如算術中之正負數。有轉注，文字乃多；有假借，文字乃少。一義可造多字，字即多，轉注之謂也；一字可兼多義，字即少，假借之謂也。」從這一番話，我們知道轉注字是一件事物，已經製造了文字，為了適應各地語音的轉變，又製造許多同意義的字，使得文字增加了數量。假借字乃是一件事物，還沒有製造文字表達它，這樣又使得文字減省了數量。所以假借乃是用不造字的方法來造字。舉例來說，古代人造了一個鳥棲的卥字，象鳥歸巢的形狀。後來他們又想造一個字來表達「西方」的意思，他們腦海中聯想到太陽落山的時候，正是倦鳥歸巢的時候；而他們要表達的「日落」的方向，也正是「鳥歸巢」時候的太陽的方向，於是就把「西方」的意思，寄託於「鳥棲」的「西」字，這便是許慎所說的「本無其字，依聲託事」的意義。許慎所舉的令、長兩字乃是後代發生的新事物。做縣官的稱為令或長，本來是沒有這回事；後來因為在行政制度上要建立一個稱號（漢代稱萬戶以上的縣官為令，萬戶以下的縣官為長），為了縣官有發號施令之權，就借用「命令」之令，稱萬戶以上的縣官為令。為了縣官是一縣之長，就借用「長幼」之長，叫萬戶以下的縣官為長。我們所要特別注意的，是假借字所借的字，必定與它所要表達的意義有意義的關聯。如鳥棲的西與西方的西，意義上是有關聯的。後世有些學者不明白這一層道理，又因為名詞的混淆，往往把造字法六書中的假借，和用字的假借法夾雜混淆，〈釋文敘〉引鄭康成云：「其始書之也，倉卒無其字，或以音類比方假借為之，趨於近而已。受之者非一邦之人，人用其鄉，同言異字，同字異言，於茲遂生矣。」這說的是用字的假借，所謂倉卒無其字，實際是本有其字，不過臨時忘卻，故借用同音字代替它，這和後世寫錯別字是一模一樣的。六書的假借，乃是造字法，是本無其字，借一個與它意義有關係的字來代替它。所以訓詁上的通借字，必然有另外一個本字；而通借字與本字只有聲音相同的關係，卻無意義相近的關係。例如文章中用「蚤」代「早」，只有同音的關係，絕無任何意義的關係。所以我們讀書時看見代替早晚的蚤字，便要知道它的本字是早。至於六書的假借，提到西字，我們知道它的本義是鳥棲，至於西方的意義，仍然和鳥棲有引伸的關係，並且西方的西字也並沒有另外一個本字，除非你另造一個字來表達它，我們明白這一層，便不致將六書假借和訓詁通假混淆不清了。現在我把假借字略舉數字作例：

令　發號也。从亼、卪。

案：亼是集合，卪是符節。符節是發號施令的工具，故从亼、卪會意。借為縣令的令，是有意義的聯繫的。

 久遠也。从兀，从匕，亾聲。兀者，高遠意也。久則變化。𠂆者，倒亾也（倒亾意即不亾）。

案：久遠引伸有長大尊長義。假借為縣長字，其意義的關聯在此。

 鳥在巢上也。象形。日在西方而鳥棲，故因以為東西之西。，西或从木、妻。

案：西字用為西方之西以後，便用棲字做鳥棲之棲，而西就專用做東西的西字了。

 古文鳳。象形。鳳飛，群鳥从以萬數，故以為朋黨字。

案：因為朋友、朋黨的朋沒有造字，故借用鳳鳥的朋字，其意義的關聯，就在群眾這一點。

第五節　中國文字製造總說

我們研究文字製造的起源和法則，不但應該觀察定型以後的文字，而且應該觀察到未造文字以前的語言。本來，語言是文字的靈魂，文字是語言的體魄，在沒有語言以前，我們先民的生活形態及其反映，和社會意識、民族思想等不斷的相生相續，形成了語言概念的根本。由於語言概念的確定，起初借聲音做表達的工具，是為語言概念訴之於聽覺，繼而更進一步借形象做表達的工具，是為語言訴之於視覺。語言成了定型，繼之而起的文字，也必形成與之相配合的定型。這便是我國文字所以有六書造字法的發生，同時也是我國文字和世界文字獨異其形態之真正緣故。必須徹底明瞭此一真理，然後纔能知道六書不但是古代文字的製造法則，同時也是駕馭一切中國文字的法則，譬如有些邊遠的地方，他們有鬧的觀念，也有鬧的語言，不知道應該寫做鬧字的，便造一俗字做「𡘋」，聲音也讀作鬧。論到造字法則，仍然是合於六書的會意，完全合於中國文字製造的軌則。可見中國造字的法則，是和它的文字語言有其天生的密切關係的。現在畫成簡表，作為本章的結束。

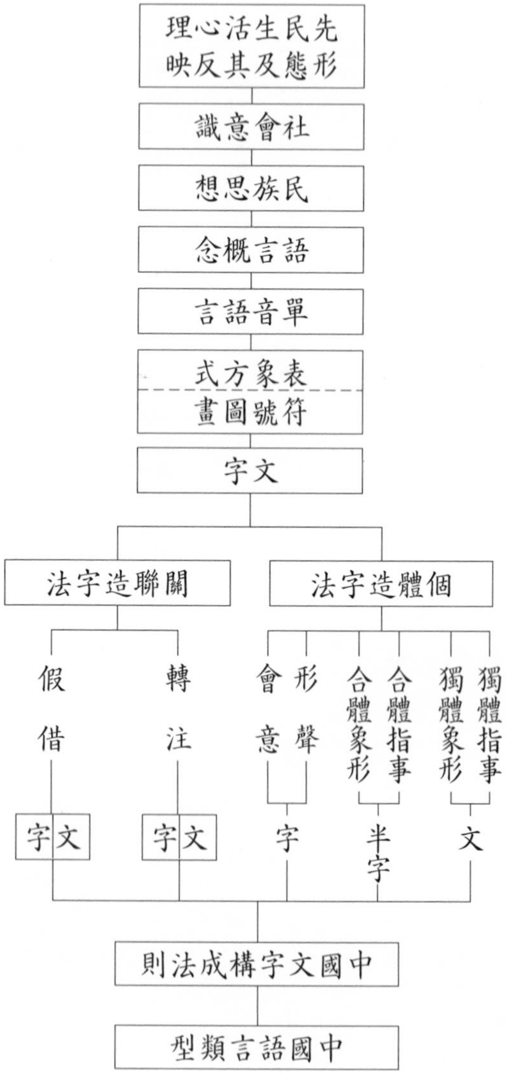

第三章

中國字體的演變

第一節　字體演變與書寫工具

中國的文字有數千年的緜延歷史。為著適應社會的需要，逐步地隨著社會生活的發展，兼顧到實用的和藝術欣賞的要求，次第產生各式各樣的字體。同時書法的技巧，越講求越進步，書寫工具的製造，越研究越精工，此中流注演變，互相關涉，匯成了舉世無雙豐富優越的中華民族的書法藝術和多采多姿的各種字體。

所謂字體，指的是文字的形狀。它包含兩方面：其一是指它所屬的大類型、總風格。例如說它是屬於真、草、隸、篆某一種字體。其二是說它是屬於大類型中的某一書家、某一流派的藝術風格。例如歐體、虞體、顏字、柳字等等。所以歐、虞、顏、柳諸體，意思是指它們在一種大類型中的小分別，不是說歐寫真書，虞寫草書，顏寫隸書，柳寫篆書，而是說他們在寫真書的條件下比較不同的風格。我們如果留意觀察，古代有些字體風格，從某一大類型演變成另一大類型時，往往是由一些細微風格變化而形成的。例如篆書和隸書現在看來是兩種大類型，但在秦代，從篆書初變為隸書時的形狀，只是筆畫——也可說是書寫風格——比較潦草一些、方硬一些而已。可見字體的演變，又常是由細微而至顯鉅的。還有字體的工拙、技巧的運用與書寫的工具，也有密切的關係。例如最著名的王羲之〈蘭亭序〉，是用鼠鬚筆和繭紙寫的。宋朝邵博《聞見後錄》記載王羲之曾親手寫了〈求筆帖〉向宣州著名筆工陳氏求他精製的名筆。因此我們在說明中國字體之先，需要簡述書寫工具演進的梗概。

普通用作書寫工具的紙、墨、筆、硯，在我國素有「文房四寶」之稱。在用此種工具書寫文字之前，必然先經過刻劃階段，而後進入於書寫。《易・繫辭傳》說：「上古結繩而治，後世聖人易之以書契。」契便是刻鏤的意思。《荀子・勸學篇》說：「鍥而不舍，金石可鏤。」鍥即契的後起字。《詩經・大雅・緜》說：「爰契我龜。」即是契刻文字於龜甲上，大約和殷墟出土的甲骨文相似。刻字的器具，古代叫做削，〈考工記〉：「築人為削。」鄭注：「今之書刃。」賈疏說：「古者未有紙筆，則以削刻字，至漢雖有紙筆，仍有書刃，是古之遺法也。」所刻的對象有金石甲骨竹木等等。殷代的金文、甲骨文，現在保存的頗為豐富。竹木易腐，難於保存，不過金文、甲文中「冊」字屢見，（甲文有𠕋無冊。《說文》：「𠕋，告也。从曰，从冊。」卜辭从曰之字皆从口。）「冊」就是竹書的專名，可見當時通用的工具還是竹木。到了周代，差不多全用竹木。用竹的叫做「冊」。《書・金滕》：

　　史乃冊祝。

又〈洛誥〉：

　　王命作冊，逸祝冊。

又〈顧命〉：

　　「命作冊度。」「御王冊命。」

這是冊字見於經典的明文。字或假借作「策」。〈聘禮〉：

百名以上書於策。

〈既夕禮〉：

書遣於策。

《左傳》襄公二十年：

名藏在諸侯之策。

策也謂之「簡」。《詩・小雅・出車》：

畏此簡書。

《左傳》襄公廿五年：

執簡以往。

簡也叫做「畢」。《爾雅・釋器》：

簡謂之畢。

〈學記〉：

「呻其佔畢。」鄭注：「吟誦其所視簡之文。」

用木的叫做「方」。〈聘禮〉：

不及百名書於方。

〈既夕禮〉：

書賵于方。

《周禮・內史》：

以方出之。

〈中庸〉：

文武之政，布在方策。

又叫做「版」。《周禮・小宰》：

聽閭里以版圖。

又〈司民〉：

掌民之數，自生齒以上，皆書於版。

《論語》：

式負版者。

大版叫做「業」。《爾雅・釋器》：

大版謂之業。

《禮記・曲禮》：

請業則起。

《易・文言》：

君子進德修業。

由上列的記載，我們約略可以窺見鏤刻時期的情狀。由鏤刻進而為書寫，必須有類似筆墨的工具。我國在新石器時代（約西元前二五〇〇到二一〇〇年），已經知道利用墨色作為美術的裝飾。一九三一年在濟南附近龍山鎮城子崖石器時代遺址發現黑色的陶器，「漆黑發光，薄與蛋殼相類。」黑色顯然是墨的本質。（見《東方雜誌》第五十一卷七號李濟〈中國考古學之過去與將來〉）又殷墟發現用朱墨書寫的文字。（中央研究院在小屯第十三次發掘報告）周書有涅墨的刑罰，《莊子》有「舐筆和墨」的說法，可見墨的應用非常的早。還有《左傳》昭二十三年說：「斐豹隸也，著於丹書。」杜注說：「以丹書其罪案。」這是西元前五一九年用丹書寫文字的記載。至於《大戴禮・踐阼篇》述師尚父之言，謂黃帝、顓頊之言載在丹書。大概也是用朱色書寫的文字。由此我們可以推測古代書寫文字，可能是研磨一種紅色或黑色的石粉，用筆蘸著來書寫，其起源至少不晚於殷商時代。至於古代的筆，大概用竹木製成，現代木工使用的蘸墨的竹片，實際上也就是古代所用的原始竹筆，稍加改進，用竹或木做管柱，束縛鳥獸的細毛做尖鋒，蘸著朱墨便可書寫。民國二十一年中央研究院第七次發掘殷墟發現的陶片，上面有一個墨書的「祀」字，鋒芒畢露，顯然是毛筆寫成的文字。又二十五年第十三次發掘，在小屯村北，除發現有用朱筆書寫的陶皿外，還有大批甲骨上的卜辭，是用朱筆先寫後刻的。這是殷代已有毛筆的確證。（參看董作賓〈殷人的書與契〉）由此可以知道刻鏤文字盛行的時期，已有用筆書寫文字的萌芽。不過在造紙術未興之前，是不能盡量發揮毛筆的優越性能的。所以書寫藝術，還須待紙、筆、墨、硯四美具備之後，纔能吐露它的燦爛光輝。現在讓我們分別簡述文房四寶發明的簡史：

一、筆

書寫的工具，最重要的一種，應該先數到筆。晉成公綏〈棄故筆賦序〉說：

治世之功，莫尚於筆，能取萬物之形，序自然之情。即聖人之志，非筆不能宣，實天地之偉器也。

這種歌頌的言辭，雖不免含有夸飾的成份。不過誰也不能否認「筆」是書寫文字最不可缺少的一種工具。《爾雅・釋器》說：「不律謂之筆。」《說文》說：「聿，所以書也。楚謂之聿，吳謂之不律，燕謂之弗，秦謂之筆。」郭璞《爾雅注》：「蜀人呼筆為不律，語之變轉。」由此可知蜀之不律，即燕之弗。筆从聿聲，律亦从聿聲，弗與筆雙聲，不律是筆之長言。可見這些都是筆之異名。甲骨聿作，金文作，象手持筆之形。筆字从竹，大概是聿的後起字。毛筆的起源，相傳都說是秦將蒙恬所發明。不過古人也頗有不相信此說的。晉崔豹《古今注問答釋義》第八載：

牛亨問曰：「自古有書契以來，便應有筆，世稱蒙恬造筆，何也？」答曰：「蒙恬始造即秦筆耳。以枯木為管，鹿毛為柱，羊毫為被，所謂蒼毫，非兔毫竹管也。」

張華《博物志》又謂蒙恬為筆，「以狐狸毛為心，兔毛為副。」由上所說，可見毛筆並非蒙恬始創，不過所用的筆，製作有相當的改進罷了。正如蘇易簡《文房四譜》所說：「滅前代之美，故蒙恬獨稱於時。」再由近代發現的實物看來，更足證明蒙恬不是創造發明人。在民國十六年，由徐炳昌和斯文赫定率領的中國西北科學考察團發現了漢代的「居延筆」。據當時親自參加考察的徐森玉先生談起居延筆的形狀，是一種木質筆杆的筆。一根木頭，在上半截劈開四片，獸毛製成的筆頭夾在當中，外面用細麻線捆束起來。這種作法和現代的鋼筆有相似處，因為筆頭也是可取下來更換的。古人所說的「退筆」，即是取下來的廢筆頭子，馬衡氏有〈記漢居延筆〉一文說：（《國學季刊》第三卷第一號）

二十年（一九三一年）一月，西北科學考察團團員貝格曼君(F. Bergman)于蒙古額濟納舊土爾扈特旗之穆兜倍而近地方（其地在索果淖爾之南，額濟納河西岸，當東經一百至一百零一度，北緯四十一至四十二度之間）發現漢代木簡，其中雜有一筆，完好如故。今記其形制如下：筆管以木為之，析而為四，納筆頭於其本，而纏之以枲，塗之以漆，以固其筆頭。其首則以銳頂之木冒之，如此，則四分之木上下相束而成一圓管，筆管長公尺〇．二〇九，冒首長〇．〇〇九，筆頭（露於管外者）長〇．〇一四，通長〇．二三二。圓徑本〇．〇〇六五，末〇．〇〇五。冒首下端圓徑與末同。管本纏枲兩束，第一束（近筆頭之處），寬〇．〇〇三；第二束，寬〇．〇〇二。兩束之間相距〇．〇〇二。筆管黑褐色，纏枲黃白色，漆作黑色，筆毫為墨所掩作黑色，而其鋒則呈白色。此實物之狀態也。

案：索果淖爾即古之居延海，漢屬張掖郡，後漢屬張掖居延屬國。額濟納河即古之羌谷水，亦即弱水。穆兜倍而近之地，據木簡所記，在當時為甲渠候，為居延都尉所屬候官之一；復就所存木簡之時代考之，大抵自宣帝以訖光武帝，若以最後之時代定之，此筆亦當為東漢初年之物，為西紀第一世紀，距今且千八百餘年矣。羽毛竹木之質，歷千八百年而不朽，非沙磧之地，蓋不克保存也。今定其名曰「漢居延筆」。

據馬氏所記，看出漢筆的構造已和後世非常接近。可惜居延漢筆只發現此一枝，不敢拆開檢視，究竟筆頭裡面，是否以鹿毛為柱，抑或有無後世所稱棗子形的筆心，就不得而知了。又一九五七年清理武威縣磨咀子第二號漢墓時，曾發現出土漢代毛筆一枝。係用較厚的竹肉劈製而成，實心，長二〇九毫米。上端作尖錐形，下端作圓柱形，其圓徑為七毫米。在此下端內鑿入一孔，徑六毫米，深一六毫米，乃係容納筆頭之處，毛筆頭已無存，孔內壁尚有毫毛殘痕。此端纏以細絲，長度為一六毫米，外面髹漆，長度為二三毫米。在塗漆部份之下刻有「史虎作」三字，或係筆工所記。此筆曾發表於《文物》一九五八年第十一期。這些物證，還不能否定蒙恬發明毛筆的說法。不過，一九五三年長沙出土的文物中有戰國時的筆，信陽長臺關戰國大墓也出土過毛筆和文具箱。而一九五四年六月長沙左家公山戰國木槨墓中又出現了完整的毛筆和筆套，這筆套是將筆頭和筆身整個套進去的。據紀錄，筆通長二一公分，筆桿長一八・五公分，徑〇・四公分，毛長二・五公分，管長二三・五公分，徑約一・三公分，筆原存管內。這是蒙恬以前的毛筆的真憑實據。結合典籍所記和殷墟甲骨上書寫文字的種種發現，我們可以肯定說中國人至遲在殷代已會使用毛筆了。當然，作筆的方法和製筆的材料，是不斷的有進步。由用石墨的棗心筆（筆毛中帶核，如同棗心，取其含墨較少，用於無膠的石墨較為方便。）進步到無心的散卓筆。筆中含墨多了，寫字也更流暢了。至於筆毫的材料，大體上是動物的毛和植物尖子兩種。用植物尖子的，如所謂「茅龍筆」（又名仙茅筆），現在廣東省還有。又如「竹絲筆」，從南宋起就有人用。岳珂的《玉楮集》內有送筆工賀發所製的

「竹絲筆」詩。它是將嫩竹竿的尖端用石頭碰出絲來製造的。不過，植物製的筆毫只能寫五寸以上的大字，用途有限，出品有限，自然不能與毛筆相比。製筆毫的動物毛，大體上分為兩種：一種硬的，用兔毫（紫毫）、鹿毫、鼠鬚、豬鬃、狼毫等；還有麝毛、虎尾、猩猩毛、人鬚，就極少見了。其次軟的，用羊毛、青羊毛、西北黃羊毛、雞毛等等；還有鵝毛、鴨毛、胎髮，就極少見了。一般說來，硬筆因為彈性的幅度更大，所以更合用。自古以來，筆的正宗總屬於兔毫、狼毫的一派，軟筆用得較少，因為彈性的幅度太小，用起來不得力。北宋米友仁傳下一張帖，自己敘明用羊毫寫，所以寫得不好。但羊毫筆由宋朝到元朝還是有人用。元朝的仇遠有讚美筆工沈秀榮的詩：「近知沈子藝希有，洗擇圓齊易入手。不論兔穎與羊毛，染墨試之能耐久。」再後，明朝以至清初，一直都是盛行硬筆，當時書家幾乎沒有用羊毫的。羊毫淪落到只能作裝褙書畫的漿糊排刷了。自清嘉、道以來，由於梁同書、鄧石如、包世臣、何紹基諸人的提倡，羊毫大行，硬毫有漸衰的趨勢。加以羊毫價廉，三、五管纔抵兔毫一管的價錢，用硬毫的人就更少了。平心而論，羊毫經嘉、道以來的提倡，製法也進步了不少。在合適的條件之下，也是最有用的寫字工具之一。古人講究合用的筆，需要具備尖、齊、圓、健四個條件。筆毫聚攏時看去要尖；將筆毫平平壓扁時看去要齊；寫起字來，四面如意，叫做圓；寫起字來不覺得筆肚子空虛，也不覺得筆尖細瘦，久寫不退，叫做健。中國人書寫文字，由於書寫工具的變遷，可以影響到書寫的技巧和文字的體型風格，這是我們講字體時，首先應該注意到的一樁事。

二、墨

書寫文字使用的工具，除筆之外，墨也很重要。它的黑色，任何化學方法製成的漂白劑不能洗去。尤其是在紙和絹上，想完全褪去幾乎不可能。因此世界各國，包括歐美用墨水的國家，對於最精密的地圖上注地名或簽約上簽字，往往用的是中國墨。在中亞細亞發現的若干古代木刻散片，雖然因為積年浸在水裡已經硬化，但上面的字跡，卻依然清晰可辨。由於中國墨具備特殊性能，我國歷代書畫家的作品，不僅因此得完整保存下來，並且光采照人，千古如新。還有墨性濃淡輕重，蘊藏著千變萬化的姿采，配合毛筆的揮灑，剛柔頓挫，得心應手，因之成為歷代書畫家馳騁才華之重要工具，造成了中國書畫在世界美術史上之獨特超越的地位。

談到墨的起源，至少不會晚於殷商時代。相傳中國在新石器時代，已知利用墨色作為美術裝飾。一九三一年在濟南附近龍山鎮城子崖的石器時代遺址中發現的黑色陶器，據李濟之氏說它的顏色，「漆黑發光」，這正是墨的本色。又殷墟發現的甲骨文，原是先用墨寫，後加雕刻的。至於當時是否叫做「墨」雖不能確知，不過古書上有周宣王時邢夷造墨的傳說。（《述古書法纂》：「邢夷始製墨，字从黑土，煤煙所成，土之類也。」）《說文》：「墨，書墨也。」段注：「蓋筆墨自古有之，不始於蒙恬也。箸於竹帛謂之書，竹木以漆，帛必以墨，用帛亦必不起於秦漢也。周人用璽書，印章必施於帛，而不可施於竹木，然則古不專用竹木，信矣！」據此，可知墨的名稱必發生很早。再從長沙發現的戰國竹簡上的墨色看來，可以推斷，在先秦以前，墨的質量早已逐步的不斷改進。《莊子・田子方篇》：「舐筆和墨。」《韓詩外傳》卷七：「周舍見趙簡子曰：『臣願墨筆操牘，從君之後。』」從這些舊籍記載中，足見春秋戰國間已有墨書。又西晉初年，汲冢所得《穆天子傳》，荀勗序言「以墨書」。此書寫定之時，最遲在魏安釐王二十年（西元前五一九年）以前，可見使用墨書，在周末已頗通行。到了漢朝，宮廷中設置了掌管紙墨筆的官員。據後漢應劭的《漢官儀》說：「尚書令僕丞郎月賜隃麋大墨一枚，小墨一枚。」顯然，這時製墨的規模一定是不會很小的。古代的墨大概有石墨、松煙二種。據舊籍記載，古人用的是石墨。西晉陸雲〈與兄陸機書〉有「曹公（操）藏石墨數十萬斤」的話。北魏酈道元《水經注》說：「鄴都銅雀臺北曰『冰井臺』，高八尺，有屋一百四十間，上有冰室數井，井深十五丈，藏冰及石墨焉。石墨可書。」還有《荊州記》、《新安郡記》、《廣州記》等書，皆有石墨的記載。這種石墨在當時使用，尚未加入膠質，以取其粘固和光采。石墨自魏晉以後很少聽見說起，盛行的只是松煙墨。漢扶風隃麋終南山之松，是製墨極佳的原料。魏時陝西長安人韋誕以善製墨著稱於世。他吸收了前代製墨的寶貴經驗，製成超越尋常的好墨，被人評贊為「仲將之墨，一點如漆」。賈思勰的《齊民要術》傳述韋仲將的製墨方說：

今之墨法，以好醇松煙乾搗，以細絹篩於缸中，篩去草芥，此物至輕，不宜露篩，慮飛散也。煙一斤以上，好膠五兩，浸梣皮汁中，梣皮即江南石檀木皮，入水綠色，又解膠，並益墨色。可下去黃雞子百五枚，亦以珍珠一兩，麝香一兩，皆分別治，細篩，都合調下石臼中。寧剛不宜澤。擣三萬杵，多亦善。不得過二月、九月，溫時臭敗，寒則難乾。每挺重不過三兩。

用松煙製墨，加入好膠，自然有凝固的作用，而且大大地增加了墨采，這在製墨工藝上的改進，無疑地提高了墨的質量。我們看晉朝王羲之、獻之流傳下來的墨跡，迄今千六百年，依然光采如新。還有流傳下來的唐人硬黃墨跡，墨色都極黝亮，而且越近長安的墨色越美。可見墨在書法上佔有很重要位置。後世造墨最出名的有南唐李超、廷珪父子。據徐鉉說：「幼時得李超墨一挺，長不過尺，細才如筋，與弟鍇共用之。日書不下五千字，凡十年乃盡。磨處邊際有刃，可以裁紙，自後用李氏墨無及此者。」故宮博物院保存李廷珪墨一挺，有清高宗題詠，真是「天下之寶」了。宋朝人如文彥博、司馬光、蘇軾等都好墨。何薳寫了一部《墨記》，他們都是讚美李廷珪的。宋朝製墨出名的，有沈珪、潘谷、蒲大韶等人。金朝的皇帝章宗，作墨也很有大名。元朝著名的墨工很少。到了明朝製墨又盛一時，著名的有羅小華、程君房、方于魯、吳去塵等不下幾十家。清朝初期出名的有徽州曹素功，康熙雍正間有汪近聖，乾隆中有汪節庵和胡開文，號稱徽墨「四大家」。現在一般人知道的只有胡開文了。今天從書法藝術家的眼光看來，自光緒以後，製墨的商人，為了減低成本，用外來的煤煙子作料，所謂洋煙墨，墨質既粗，色采又壞。比起「煙細、膠輕、色黑」的舊墨，就相去萬里了。

三、紙

第三，談到書寫工具所用的紙，我國是世界上最先發明造紙術的國家，它對世界文化曾作出極大的貢獻。在我國沒有發明造紙之前，甲骨、竹簡、木版、縑帛都先負擔了紙的任務。竹木甲骨太笨重，縑帛太昂貴，都不是理想方便的書寫工具。發明造紙術的人，據《東觀漢記》和《後漢書》所載是東漢人蔡倫。《後漢書・宦者傳》說：

蔡倫字敬仲，桂陽人也。……後加位尚方令。永元九年，監作祕劍及諸器械，莫不精工堅密，為後世法。自古書契，多編以竹簡。其用縑帛者謂之為紙。縑貴而簡重，竝不便於人。倫乃造意用樹膚麻頭及敝布魚網以為紙。元興元年（西元一〇五年），奏上之。帝善其能，自是莫不從用焉。故天下咸稱「蔡侯紙」。

傳文說用樹皮麻頭造紙，這是植物纖維造的紙，和絲質纖維造的紙，在原料上是大大的不同。東漢永元十二年，許慎寫成的《說文解字》，已收有紙字，可見當時已有紙的出現。《說文》云：

紙，絮一笘也。

段玉裁注：「按造紙昉於漂絮。其初絲絮為之，以笘荐而成之。今用竹質木皮為紙，亦有緻密竹簾荐之是也。《通俗文》曰：『方絮曰紙。』」這是用絲質纖維造的紙。《漢書・外戚傳》：

武發篋中，有裹藥二枚，赫蹏書。

孟康曰：「蹏猶地也。染紙素令赤而書之，若今黃紙也。」應劭曰：「赫蹏，薄小紙。」周壽昌曰：「據此，西漢時已有紙可作書矣。赫狀其色赤，蹏狀其式小。」大概造紙始於漂絮。笘乃是漱絮簀。當在水中漂絮時，絮放在簀上，用棒打擊，就可能在簀上留下絲棉薄片，乾燥後成為棉紙，可供書寫。但紙質薄而面積小，因此在西漢時代有「赫蹏」的名稱。由絲絮製紙之後，進一步又能用麻頭敝布等植物原料造紙。由考古家發現的實物，更證明在蔡倫以前，已經有用植物原料造成的紙。一九三三年，黃文弼在新疆羅布淖爾漢代烽燧遺址中，發現了一塊麻紙殘片。黃氏據同時出土的黃龍元年（西元前四九年）木簡及其他證據，斷定此紙為西漢故紙，早於蔡倫一百五十餘年。一九四二年勞榦、石璋如又於內蒙古自治區額濟納河掘到揉成團的字紙，經吳印禪鑑定為植物纖維紙。同時出土的有永元年間（西元九三—九八年）木簡。但勞氏對坑位發掘情形，很難斷定紙的年代，遂認為此紙有可能在蔡倫前，也可能在蔡倫後，更可能與蔡倫同時。啟元白教授認為額濟納紙上的「縣官」等字與桓帝永壽二年（西元一五六年）瓦罐銘文等漢隸字體相近，則為東漢故紙無疑。一九五七年五月八日，在西安壩橋磚瓦廳的建築工地上，工人們挖土時，發現了兩柄銅劍和其他很多西漢文物，其中有不少古紙殘片。經過對該紙分析化驗的結果，證明它不是絲紙，而是麻類的植物纖維紙。當時將紙樣放置鏡下放大八倍、四倍後，看到紙質粗糙、淺黃色，簾紋不清，表面有較多纖維束（未鬆散的麻筋）。在另一片紙上，又看到一小段雙股細麻繩頭。因之相信該紙當由麻頭舊布所造。古時麻頭舊布多由苧麻、大麻等麻纖維織成，則紙亦由多種麻類所造。考古工作者已從古器物學等角度證明壩橋紙為西漢故物，無容置疑。考古工作者又把壩橋紙與羅布淖爾紙及額濟納紙的特性相對照，又與現存陸機（西元二六一—三〇三年）〈平復帖〉等魏晉數十種早期麻紙作了對比，確認壩橋紙具有中國早期麻紙原始結構要素。由此可見，早在西漢時代，中國人已從敝帛惡繭製絮紙的經驗中，進一步摸索到用廉價易得的麻頭故布等植物原料造紙的新途徑。因此可以斷定蔡倫是造紙術的改良者而不是發明人。蔡倫死於安帝建光元年（西元一二一年），其後約八十年，至獻帝時，又產生著名造紙專家東萊人左伯，他所造的紙，特點是「妍妙輝光」（張懷瓘《書斷》語），又大大改進了舊有的方法。晉朝的紙，有南北之分。北紙用橫簾造，所以紙紋是橫的；南紙用豎簾造，所以紋是直的。到唐朝又大為進步，特出一種硬黃紙。這是從古代黃蘗染紙方法精益求精的。這種紙可以辟蠹，並極為光澤；有一種是著了薄蠟的。至今所傳唐人寫經，還有得見當時製紙的精工。至於皖南宣城用當地特產青檀木皮製成的舉世聞名的宣紙，遠在唐朝已被列為貢品。唐人張彥遠著《歷代名畫記》也說：「好事家宜置宣紙百幅，用法蠟之，以備摹寫。」可見宣紙已頗流行。而當時的歙縣績溪交界有地名叫龍鬚的，已產生所謂麥光、白滑、冰翼、凝霜等名目的佳紙（見祝穆《方輿勝覽》）。到了南唐時，在徽州地區所產的紙張，號稱澄心堂紙，「膚卵如膜，堅潔如玉，細薄光潤，冠於一時」。這種宣紙，「長者可五十尺為一幅，自首至尾，勻薄如一」。南唐李後主喜愛這種紙，特地建造一幢「澄心堂」來儲藏它。這是唐宋以來最著名的紙。梅堯臣曾得到歐陽修贈送的澄心堂紙，歡喜踴躍，形之歌詠說：「滑如春冰密如繭，把玩驚喜心徘徊。」可見文人對佳紙的愛好了。

四、硯

漢劉熙《釋名・釋書契》云：「硯，研也。研墨使和濡也。」可見漢人已把硯解釋為研磨的工具。許慎《說文》云：「硯，石滑也。」大概也是說石性滑利可以研墨的意思。中國何時開始有硯，很難明確的說出，從考古發掘材料來看，原始民族社會已有彩繪陶器，利用紅、黑兩色或其他色彩，繪出多種多樣的花紋，顏料已經極為細膩，說明那時已有研磨顏料的工具，這種工具恐怕就是硯的初型。從殷墟發現的甲骨來看，除刻字以外，還有用毛筆朱書或墨書的。有的甲骨上還殘留著朱書、墨書的痕跡。那麼朱和墨的研磨一定也需要工具。至於周代銅器銘文，其鑄笵以前，一定先有書寫，後來據以刻笵，也必然有研磨工具的。不過在上古質樸，研墨不必在硯上，凡是可研之處，都可研墨。現存的實物和有關資料證實，漢以前的硯臺不見出土。一九五五年至一九六六年在廣州華僑新村工地發掘的四十座漢墓中，發現了石硯八件，除硯石外，大都附有研石一塊。硯的本身形狀多不一樣，係採用圓而扁的石料磨製而成。出土時有的硯面和研石還有紅硃粘著。一九五五年在廣州東郊馬棚岡，發掘西漢晚期木槨墓出土了燧石硯一件，硯面還有許多墨跡。由此可見西漢廣州硯臺係包括硯石及研石兩件工具，用此研磨一種顏料或所謂墨。漢代硯臺，在洛陽及安徽等地也有出土。大概西漢末至東漢石硯，多為圓形、三足、平面、有蓋，並有刻劃花紋。漢代石硯以外，也有陶硯。一九五五年廣州市東郊發現東漢時代墓葬，出土漢代陶硯，也為圓形三足，並有漏斗形高蓋。漢代陶硯，還有山形硯及龜硯。魏晉南北朝除繼承漢代石硯、陶硯外，由於瓷業漸興，故多瓷硯，近年江、浙、兩湖、江西、四川等省發現的大都是青瓷。即以瓷土為胎，而挂以青釉；硯面無釉，以利研磨；多為圓形，有足或蹄足。唐代除用陶硯，對於石硯的石材已開始講求，端溪已經開採。安徽婺源的歙溪石材，也於開元年間開採。此外澄泥硯唐代也開始製作，最初出於山西絳州。據說用絹袋裝上汾水河泥加以漂洗、淘澄得出細泥燒製而成。到了宋代，石硯已普遍採用。達官貴人、文人學士尤講求端、歙、洮等石。宋米芾所作《硯史》，實即為硯石譜。明清更是講求石硯，端溪開採的舊坑已竭，又開新坑；石硯至此，已到盛極而衰的地步了。總之，硯在書寫工具的作用上，取其「筆運翰染」能夠發墨，增加文字的光采。所以《墨藪》說：「凡書硯取新石潤澀相兼又浮津輝墨者。」一般人考究硯石，大體上不出於端溪石和歙石兩大宗，就是為了石質發墨。因為這種石，實際上只是一種硬性粘土。它具備的條件是細和膩。膩所以能發墨，細所以能發得不粗。若是真的夠上石的條件，那就太堅太滑，反而不發墨了。《文房四譜》說：「越州戒珠寺，即羲之宅也。有洗硯池，至今水常黑色。」雖然是附會之辭，也可想見書家對書寫工具是如何的重視！

以上將古今書寫中國文字的工具，約略說明。我們可以說許多字體的形成，是與書寫工具有密切關係的。例如科斗書，便是由於用毛筆書寫而成的一種字體。王隱《晉書・束皙傳》說：「科斗文者，周時古文也。其頭粗尾細，似科斗之蟲，故俗名之焉。」因為這種字體，其起處止處較尖，中間偏前的部份略粗，充分表現出毛筆書寫富有彈性的特色。又如書家相傳的「永字八法」：起筆的點叫做「側」，次筆的橫叫做「勒」，三筆的直叫做「努」，四筆的鉤叫做「趯」，五筆左邊向上挑叫做「策」，六筆左邊向下撇叫做「掠」，七筆右邊上面向下撇叫做「啄」，末筆右邊下面向下捺叫做「磔」。這種筆法如果用商周人的刀削竹木一類的工具，便很難寫出。也就是說在某種書寫工具的條件下，便無從產生漢魏以後的楷書字體。還有歷代的筆墨紙硯的製作不同，也必然影響到文字的形態。例如古代棗心筆是最適合於膠少或無膠的墨水的，這樣墨水就不會立刻流滴下來，但含的墨水甚少，因之一次蘸墨必然只能寫少數的字，甚至不能相連。後來進化到墨中有膠，筆心無核，含墨水多了也不至滴落，蘸一次墨，便能多寫若干字，聯綿的大草書乃能發展出來。這些都是字體與書寫工具有很顯著的關係的例證。

第二節　字體分類

一、字體的種類

敘述中國字體的分類，最早見於《漢書・藝文志》：

漢興，蕭何草律，亦著其法，曰：「太史試學童，能諷書九千字以上，乃得為史。又以六（八）體試之，課最者以為尚書御史、史書令史。吏民上書，字或不正，輒舉劾。」六體者：古文、奇字、篆書、隸書、繆篆、蟲書，皆所以通知古今文字，摹印章，書幡信也。古制，書必同文，不知則闕，問諸故老。至於衰世，是非無正，人用其私。故孔子曰：「吾猶及史之闕文也，今亡矣乎！」蓋傷其寖不正。《史籀篇》者，周時史官教學童書也，與孔氏壁中古文異體。《蒼頡》七章者，秦丞相李斯所作也；《爰歷》六章者，車府令趙高所作也；《博學》七章者，太史令胡母敬所作也。文字多取《史籀篇》，而篆體復頗異，所謂秦篆者也。是時，始造隸書矣。起於官獄多事，苟趨省易，施之於徒隸也。

許慎《說文》敘述字體更加詳細：

黃帝之史倉頡，見鳥獸蹏迒之迹，知分理之可相別異也，初造書契。……及宣王太史籀著大篆十五篇，與古文或異。至孔子書六經，左丘明述《春秋傳》，皆以古文，厥意可得而說。其後諸侯力政，不統於王，惡禮樂之害己，而皆去其典籍。分為七國，田疇異畮，車涂異軌，律令異法，衣冠異制，言語異聲，文字異形。秦始皇帝初兼天下，丞相李斯乃奏同之，罷其不與秦文合者。斯作《倉頡篇》，中車府令趙高作《爰歷篇》，太史令胡母敬作《博學篇》，皆取《史籀》大篆，或頗省改，所謂小篆者也。是時秦燒滅經書，滌除舊典，大發隸卒，興役戍，官獄職務繁，初有隸書，以趣約易，而古文由此絕矣。自爾秦書有八體：一曰大篆，二曰小篆，三曰刻符，四曰蟲書，五曰摹印，六曰署書，七曰殳書，八曰隸書。漢興，有艸書。……及亾新居攝，使大司空甄豐等校文書之部，自以為應制作，頗改定古文。時有六書：一曰古文，孔子壁中書也。二曰奇字，即古文而異者也。三曰篆書，即小篆，秦始皇帝使下杜人程邈之所作也。四曰佐書，即秦隸書。五曰繆篆，所以摹印也。六曰鳥蟲書，所以書幡信也。壁中書者，魯恭王壞孔子宅，而得《禮記》、《尚書》、《春秋》、《論語》、《孝經》。又北平侯張倉獻《春秋左氏傳》。郡國亦往往於山川得鼎彝，其銘即前代之古文，皆自相似。

漢以前的字體，這兩書的記載，算是很詳細的了。〈漢志〉著錄八體六技，八體可能是秦書八體，六技或許是王莽時六書。茲列表比較之：

秦八體	大篆	小篆	刻符	蟲書	摹印	署書	殳書	隸書
新六書	古文　奇字	篆書		鳥蟲書	繆篆			佐書

從上引記載，知道從倉頡造字到夏商周流行的都統稱「古文」，而字體有不少的變易，所以許慎說：「以迄五帝三王之世，改易殊體。」到了周宣王太史籀著大篆十五篇，與古文或異，是為「籀文」。六國之世，言語異聲，文字異形，秦有天下，李斯罷其不與秦文合者，省改大篆，是為「小篆」。又因官獄事繁更造隸書。漢興，又有草書。至於刻符、蟲書、摹印、署書、殳書，不過是書字施用在不同器物而發生的種種變化。後代如晉徐子安的五十八種，宋王愔的古書三十六種，齊王融圖古今雜體六十四，梁庾元威〈論書〉云：「余經為正階侯書十牒屏風，作百體，間以采墨，當時眾所驚異，自爾絕筆，惟留草本而已。」其百體的名稱，有懸針書、垂露書、日書、月書、風書、雲書、牛書、虎書等怪異名色，大抵都是文人好事所為，更與字學無甚關係。現在綜合古今字體，不外三大類：一是篆書：古文、籀文、小篆之類。金石文、甲骨文是這一時期的遺跡。二是隸書：古隸、今隸之類。三是草書：章草、今草之類。加上後起介乎今隸、今草之間的行書，中國的字體，大概不出這幾大類了。以下就分別加以說明。

㈠篆書

❐古文

篆書的名稱，大約起於秦代。〈漢志〉說：「所謂秦篆。」〈說文敘〉說：「秦書有八體：一曰大篆，二曰小篆。」可見秦代正體文字叫做篆書。《說文》：「篆，引書也。」引書是引筆著於竹帛的意思。李斯作的叫「篆書」，所以叫前代史籀所作為「大篆」。又因倉頡以後周宣王以前流行二千年更古的文字叫做「古文」。〈說文敘〉說：「倉頡之初作書，蓋依類象形，故謂之『文』；其後形聲相益，即謂之『字』。……以迄五帝三王之世，改易殊體，封於泰山者七十有二代，靡有同焉。」可見二千年間，字體一定很複雜，後來史籀作大篆，就是要求整齊劃一。晉衛恆說：「自黃帝至於三代，其文不改。」唐孔穎達說：「自倉頡以至周宣，皆倉頡之體，未聞其異。」這些話是不正確的。不過古文雖包括長時期的複雜字體，而流傳後世的，我們可從三部門去研究它：一是載於經籍的古文，二是刻於甲骨的古文，三是鑄於鐘鼎彝器的古文。現在逐項敘述於後。

1. 載於經籍的古文

〈說文敘〉說：「及宣王太史籀著大篆十五篇，與古文或異。至孔子書六經，左丘明述《春秋傳》，皆以古文。」這話是說太史籀雖然作了大篆，而周代的學者還是用古文書寫經典。憑藉這些書本，便留下了相當數量的古代文字。古文本的經傳，據王靜安先生所考，漢代發現的有十種書籍十五個本子：

一、《周易》：

1. 中古文本　見《漢書・藝文志》。

2. 費氏本　見《後漢書・儒林傳》。

二、《尚書》：

1. 伏氏本　《史記・儒林傳》：「秦時焚書，伏生壁藏之。」

2. 孔壁本　〈漢志〉：「《古文尚書》出孔子壁中。」

3. 河間本　見《漢書・景十三王傳》。

三、《毛詩》　〈漢志〉：「《毛詩》二十九卷。」

四、《禮經》：

1. 淹中本　〈漢志〉：「《禮》古經者，出於魯淹中及孔氏。」

2. 孔壁本　〈漢志〉：「魯恭王壞孔子宅，欲以廣其宮，而得《古文尚書》及《禮記》、《論語》、《孝經》，凡數十篇，皆古字也。」「禮」謂本經，「記」謂附經之記。

3. 河間本　《漢書・景十三王傳》：「河間獻王所得書，皆古文先秦舊書《周官》、《尚書》、《禮記》、《孟子》、《老子》之屬。」

五、《禮記》

六、《周官》

七、《春秋經》　見〈漢志〉、〈說文敘〉。

八、《春秋左氏傳》　《論衡・案書篇》：「《春秋左氏傳》者，蓋出孔子壁中。孝武皇帝時，魯恭王壞孔子教授堂以為宮，得佚《春秋》三十篇，《左氏傳》也。」然〈說文敘〉則云北平侯張倉獻《春秋左氏傳》；而敘孔壁中書但有《春秋經》，無《左氏傳》，〈漢志〉亦然。疑王仲任所云出孔壁中者，涉《春秋經》而誤也。〈漢志〉所著錄者，即古文本。〈劉歆傳〉「歆校祕書，見古文《春秋左氏傳》大好之」是也。服虔注襄二十五年傳云：「古文篆書一簡八字。」蓋子慎之時，其原本或傳寫古文之本，猶有存焉者矣。

九、《論語》〈漢志〉：「《論語》古二十一篇，出孔氏壁中，兩〈子張〉。」其本亦至後漢尚存，故《說文解字》中頗引其字。

十、《孝經》〈漢志〉：「《孝經》古孔氏一篇，二十二章。」又云：「《孝經》諸家說不安處，古文字讀皆異。」許沖〈上說文解字表〉云：「古文《孝經》者，昭帝時，魯國三老所獻；建武時，給事中議郎衛宏所校。」是其本亦至後漢尚存。

以上十種十五個本子，到後漢只存孔子壁中書及《左氏傳》，故後漢以後，「古文」這名詞，幾乎被壁中書所專有。後漢流傳的書本上的古文，多賴《說文解字》保存。許沖上表說：

先帝詔侍中騎都尉賈逵，修理舊文，殊藝異術，王教一耑，茍有可以加於國者，靡不悉集。……臣父故太尉南國祭酒慎，本從逵受古學，……慎博問通人，考之於逵，作《說文解字》。

由此看來，許慎作《說文解字》，是採集經籍上的古文而成的。雖然現在《說文》標明是古文的不過五百餘字，其實許多未標明的也可能是古文，錢大昕〈跋汗簡〉說：

《說文》所收九千餘字，古文居其大半。其引據經典，皆用古文說，間有標出古文籀文者，乃古籀之別體，非古文止此數字也。且如書中重文，往往云篆文或作某，而正文固已作篆體矣，豈篆文亦止此數字邪？作字之始，先簡而後緐，必有一、二、三，然後有从弋之弌、弍、弎，而叔重乃注古文于弌、弍、弎之下，吾是以知許所言古文者，古文之別字，非弌古于一也。古文中豐而首尾銳，小篆則豐銳停勻，叔重采錄古文，而以小篆法書之，後人不學，妄指《說文》為秦篆，別求所謂古文，而古文之亡滋甚矣。

段玉裁《說文注》也說：

小篆因古籀而不變者多，其有小篆已改古籀，古籀異於小篆者，則以古籀附小篆之後，曰古文作某籀文作某，此全書之通例也。其先古籀後小篆者，則變例也。

由此我們可以知道，要研求經籍相傳的古文，《說文》實在是最可靠的材料。在《說文》書裡，標明古文的不過五百餘字，其他或錄為正篆，或互見於偏旁，或別出為重文，或曰奇字，或曰或體，我們都可以按跡尋蹤，加以推索。

其次，漢代古文今天雖然無從看見，但是河間淹中之書，庸生、賈誼、劉歆之業，散在士大夫，故《說文》所錄以外，《周禮》故書、《儀禮》古文、《春秋》古經也有許多資料。如鄭司農《周禮・小宗伯》注云：「《春秋經》『公即位』為『公即立』。非親見舊本，何能空談！」

至於現存的古文遺跡，有魏邯鄲淳書三字石經殘石。最初談到三字石經的是衛恆。《晉書》引衛恆《四體書勢》：

孔壁書，漢世祕藏，希得見之。魏初傳古文者，出於邯鄲淳。衛祖敬侯（敬侯，衛覬。〈魏志・覬傳〉

云：「好古文鳥篆隸艸，無所不善。」）寫淳尚書，後以示淳，而淳不別。至正始中，立三字石經，轉失淳法。因科斗之名，遂效其形。

按正始石經，自隋、唐志所載，蘇望所摹，以及現代所發現的，都只有《尚書》和《春秋》。魏齊未徙以前，其石散在洛陽，或供次舍橋梁之用、或藏於民家，遠過大學殘存的石經。自宋仁宗皇祐五年癸巳，洛陽蘇望得三字石經拓本八百一十九字於故相王文康家，刻石洛陽，即洪氏《隸續》所收錄的。至近年出土的石經，王廣慶所記最詳，茲節錄於次：

> 光緒乙未三月初七日，洛陽白馬寺人劉克明為村南龍虎灘黃占鰲刻名章，攜有《六書通》，黃披視，謂字形奇古，余牛舍瓦礫中有殘石一角，刻文與此相類。偕劉往質。劉知石為異物，取黃子耀坤習字紙，以淡墨摹之，粗識者謂係蔡中郎遺跡也。龍虎灘在今洛陽城東二十里，位伊、洛會流處之北岸。洛水未北徙以前，當係古開陽門附近地，去漢時大學故址不遠。此石必先自殘佚，魏齊未及移徙者。由是拓本流傳，邑人知有三體石經矣。……民國十年春，予歸自陝，有事于洛陽，間亦蒐羅金石文字。同學趙漢臣以三體石經相告，謂石之始出，係黃耀坤之父雨後見自廁牏壁上，經某廣文審為漢物，石雖售出，摹本尚可得，因輾轉自黃索一紙，則《尚書‧君奭篇》遺文，原石背面應尚有《春秋經》文，但石缺半面，不可復見矣。十二年二月，又聞洛陽碑賈郭玉堂言石經出土事，傳係十一年十二月鄉人朱姓等取蔞根製藥，掘地四五尺，得巨石，修廣約三尺許；又一小石，則尺許。表裡刻《尚書》、《春秋》文，驚為異物。經石發見地在碑樓莊朱家圪塔大樓之

間，北臨洛水，與龍虎灘隔岸二三里，亦古洛陽附郭地也。

根據以上的紀錄和出土的殘石及其他資料，我們知道光緒二十一年乙未，洛陽龍虎灘出土的《尚書・君奭》殘石一百十字，為黃縣丁氏所得。民國十一年十二月，洛陽城東南三十里朱圪塔村田中出土的《尚書》〈無逸〉、〈君奭〉及《春秋》僖公、文公殘石，兩面共得一千七百七十一字。其〈君奭篇〉恰和丁石相銜接。估人計劃偷運出售，因石重不便遷徙，中剖為二，計缺字的二行，殘字的四行，《春秋》下方又缺數字，一共損壞了一百二十二字。又出一殘石，為《尚書・多士》及《春秋》文公，兩面共得二百二十九字。外有殘石百數十塊，小的一二字，大的四十七字，為鄞縣馬氏、吳興徐氏、建德周氏、上虞羅氏等所得。又有三字作品式的，為從來考石經者所未見。近人吳維孝著有《新出漢魏石經考》、張國淦著有《歷代石經考》。又周康元集拓各家殘石撰成《集拓新出漢魏石經殘字》初編、二編。綜計《隸續》所錄，三體共存八百十九字，其中古文二百五十一字。郭忠恕《汗簡》所引計一百十四字，夏竦《古文四聲韻》所引計一百四十字，（王國維謂郭、夏所引，除見於《隸續》者，頗有《尚書》、《春秋》、《左傳》三經所無之字，殆未可盡據。）丁氏殘石計一百一十字，其中古文三十六字。近出大石計一千七百七十一字，其中古文約五百八十字，小石計二百二十九字，其中古文七十六字。合宋、清和近代的發現，除去重複，約得古文三百二十字。大抵多與《說文》所載古文符合，可見二者的來源，都是出於孔子壁中書。章太炎先生有《新出三體石經考》，對於文字內容，有詳確的考證。章先生〈小學略說〉曾論及石經和《偽古文尚書》的關係，摘錄於此，以供參考：

漢時通行載籍，沿用隸書，取其便於誦習；而授受弟子，則參用古文。《後漢書・賈逵傳》：「章帝令逵自選諸生高才者二十人，教以《左氏》，人與簡紙經傳各一通。」蓋簡載古文，而紙則隸寫，至鄭康成猶然。康成〈戒子書〉云：「所好群書，率多腐敝，不得於禮堂寫定，傳與其人。」所謂腐敝者，古文本也。馬鄭尚書，字遵漢隸，而三體石經之古文，則邯鄲淳自有所受。若今世所行之《偽古文尚書》，《正義》言為鄭沖所作。由魏至晉，正三體石經成立之時。鄭沖即依石經增改數篇，以傳弟子。東晉元帝時，枚賾獻之於朝。人見馬鄭本皆隸書而此多古字，遽信以為真，古文孔傳，遂開數千年聚訟之端。今日本所謂足利本隸古定《尚書》、宋薛季宣《書古文訓》，字形瑰怪，大體與石經相應，燉煌石室所出《經典釋文》殘卷，亦與之相應，郭忠恕《汗簡》徵引古文七十一家，中有古《尚書》，亦與足利本及《書古文訓》相應，蓋此二書乃東晉時之《尚書》，雖非孔壁之舊，而多存古字，亦足寶矣。

2. 刻於甲骨的古文

刻於甲骨的古文，發現於亡清末葉，說者推斷為殷代的遺物，認為殷商王室常利用龜甲牛骨占卜吉凶。占卜之後，輒於其上書刻，卜辭及其他可紀之事。這是今天能見到實物上寫刻的最早的文字。

A. 甲骨文字的定名

甲骨文字是寫或刻在龜的腹甲、背甲和牛的肩胛骨（以前不知有龜背甲，又以牛的肩胛骨邊緣，誤認為肋骨和脛骨）上面的文字。甲骨上面何以要寫刻文字？因為古人愛把狐疑不決的事情去請問鬼神，叫做「卜」。

商朝以前是專用牛羊的肩胛骨，山東城子崖黑陶時代就是如此。卜的方法只是用火灼骨，看那破裂的兆紋。到了商朝的後期，盤庚遷殷到帝辛（紂）的亾國（前一三八四－一一一一年），平常稱為殷代。這時候卜的方法改進了，用牛骨兼用龜甲，在龜骨的一面（內面）整齊的施以鑽鑿，用時向鑽鑿處加火燒灼，另一面就破裂而成卜字形狀，這已是有規律有計劃的卜法了。卜完之後，把所問的事情，寫在卜兆之旁，寫完又刻，也有刻完之後，又塗飾硃墨的。因為這種文字是專為記貞卜而用的（貞訓卜問），所以也叫做「貞卜文字」，或叫做「卜辭」。或以文字出土的地方為名，叫做殷虛書契、殷虛文字。其他異名也非常多。甲骨文字、甲骨文，是最後的定名。

B. 殷虛甲骨文的發現

殷虛的意義是殷代都邑的故虛。這一個名詞見於《史記》有兩處：一是〈宋微子世家〉：「箕子朝周，過故殷虛。」一是〈項羽本紀〉，記項羽與章邯相約會於「洹水南，殷虛上」。周秦時代的殷虛，正是現在的河南省安陽縣小屯村。據發掘的經驗，小屯村是甲骨文字大量出土的地方，也是從盤庚遷殷以至帝辛，殷代都城中心王室的宗廟宮室的所在。不過所謂殷虛，並不限於現在的小屯村。小屯村附近的數里以內，洹水兩岸，凡是有殷人遺跡之處，應該都屬於殷虛。三千年前，大約在周武王伐紂之後，沒多久，那「封於朝鮮而不臣」的殷代王族箕子曾經走過這裡，他看見了以前的宮室頹毀，遍生禾黍，悲傷不已，作了一首麥秀之歌：「麥秀漸漸兮，禾黍油油兮，彼狡童兮，不與我好兮！」據說當時殷民聽了，大家都感動得涕泗交流。這便是今天甲骨文發現的地方。

甲骨出土的經過，董作賓據小屯村人的傳述，載於〈甲骨年表〉，說：

光緒二十五年以前，小屯村北的農田中，就常有甲骨出現，村中有名李成者，檢拾之，以為藥材，售於藥店，分龜板、龍骨兩種。破碎者碾為細粉，名刀尖藥，每年春會，赴四鄉售賣，為治療創傷之用。李成即村中專營此業者，前後經數十年之久。龜板、龍骨，大批售於藥店，每斤制錢六文。上有字跡者多被刮去。

又羅振常〈洹洛訪古遊記〉也說：

其極大胛骨，近代無此獸類，土人因目之為龍骨。攜以示藥舖，藥物中固有龍骨，今世無龍，每以古骨充之。且古骨研末，又愈刀創，故藥舖購之，一斤纔得數錢。鄉人農暇隨地發掘，所得甚夥，檢大者售之，購者或不取刻文，則以鏟削之而售。其小塊及字多不易去者，悉以填枯井。

由於龜板售予藥店，因而輾轉售到北京，這就是光緒廿五年己亥（西元一八九九年），王懿榮氏從北京菜市口達仁堂購買藥品，發現龜板上有契刻篆文的傳說的由來。自從王氏發現了甲骨文字以後，就有山東濰縣的古董商人范維卿到安陽去收買。端方曾按字數給價，每字酬銀二兩五錢，小屯村人一直傳為美談。光緒二十六年，范估曾以八百片售與王懿榮，其中有全甲一塊，大概都是光緒己亥庚子間的出土物。庚子義和團起事，王懿榮殉難，所藏大部歸劉鶚，其小部贈天津新學書院，又一小部後為唐蘭編為《天壤閣甲骨文存》。同時尚有王襄、孟定生蒐購得五六千片以上，襄後又得四千餘片，擇尤印行為《簠室殷契徵文》十二卷（一九二五年）。劉鶚既得懿榮所藏千餘片，又自遣人蒐羅凡得四千餘片，合計五千餘片，因擇千餘片編印為《鐵雲藏龜》。劉氏死後，所藏一部份歸羅振玉，後印為《鐵雲藏龜之餘》。一部份歸英籍猶太人哈同夫人，復印為《戩壽堂所藏殷虛文字》。一部份歸商承祚，後編入《殷契佚存》。一部份歸吳振玉，後由李旦丘編為《鐵雲藏龜拾零》。一部份歸中央大學，後由李孝定摹印為《中央大學史學系所藏甲骨文字》，胡厚宣編入《甲骨六錄》中。一部份歸沈維鈞及陳中凡，均由董作賓編入《甲骨文外編》。陳氏所藏，胡厚宣亦編入《甲骨六錄》中。一部份歸王先生伯沆及束君世澂，束君所藏，後又轉售於國立安徽大學。

自光緒二十九年（一九〇三年）《鐵雲藏龜》出版，古董商人購求甲骨的麕集小屯，一天多過一天，美國人方法斂(Frank H. Chalfant)首先注意蒐求，曾得到四百片。以後小屯經過多次的發掘，一直到民國十七年中央研究院主持公開發掘以前，據歷年調查所得，出土的甲骨文字，總數當在八萬片以上，多經古董商人分售，為王懿榮、劉鶚、王襄、羅振玉、黃濬、徐枋、劉體智、美國方法斂、英國庫壽齡(Samnel Couling)、加拿大明義士(James M. Menzies)、金璋(L. C. Hopkins)、日人林泰輔等私人所得。後來也有轉讓與公家機關的。自民國十七年到二十六年十個年頭，總計由公家中央研究院發掘，先後也有十五次之多，其中以民國二十五年第十三次發掘，發現一所完整的甲骨文字窖藏，坑為圓形，徑約二公尺，深一公尺餘，滿貯龜甲。此一坑中有完整的龜腹甲二百餘版，編號共為一萬七千八百零四片。就原坑未經擾亂及數量之多而言，實打破甲骨文字出土以來最高的紀錄。其中用朱墨書寫的文字，刻劃卜兆之法，均為甲骨學上重要發現。民國二十六年抗戰以後發現的材料，有胡厚宣《戰後平津新獲甲骨集》（民國三十五年五月七日《齊魯大學國學研究所專刊》一冊）、《戰後京滬新獲甲骨集》（民國三十八年石印本一冊）、《戰後寧滬新獲甲骨集》三卷

（民國四十年石印二冊）、《戰後南北所見甲骨錄》（民國四十年來薰閣石印三冊），總計現存的甲骨材料，汰偽除重，大約有十萬片左右的數目，六十餘年發現的新材料，也不為不多了。

C. 甲骨文研究的鳥瞰

自從光緒二十五年，王懿榮在北京因病購藥，發現甲骨上所刻的文字，從此纔慢慢地發展成甲骨之學。綜括說來，王懿榮是第一個發現甲骨文字的人；劉鶚的《鐵雲藏龜》是第一部著錄甲骨文字的專書；孫詒讓的《契文舉例》是第一部研究甲骨文字的專書；方法斂是第一個蒐集和研究甲骨文字的西洋人；林泰輔是第一個蒐集研究甲骨文字的日本人，他的《龜甲獸骨文字》也是日本著錄甲骨文字的頭一部專書；加拿大人明義士的《殷虛卜辭》是歐美著錄甲骨專書之始，也是第一部寫印本的甲骨文書。扼要的說，最早研究甲骨的學者——劉鶚從祖乙、祖辛、祖丁等「以天干為名實為殷人之碻據」，斷定甲骨卜辭為殷代文字，見於〈鐵雲藏龜自序〉，這是最早判明甲骨文為殷文字的宣示。孫詒讓的《契文舉例》，內容分列為日月、貞卜、卜事、鬼神、卜人、官氏、方國、典禮、文字、雜例等十個細目，實開後來研究甲骨學的宏規。以後羅振玉作《殷商貞卜文字考》、《殷虛書契考釋》，著重在文字的認識。王國維著《甲骨文中所見殷先公先王考》，利用甲骨文的材料，來考校古代的歷史。郭沫若著《甲骨文字研究》、《卜辭通纂考釋》，董作賓著《殷曆譜》、《甲骨文字斷代例》，都是甲骨學中的重要著作。羅氏號「雪堂」，王氏號「觀堂」，郭氏號「鼎堂」，董氏號「彥堂」，有「甲骨學四堂」之稱。還有唐蘭著的《古文字學導論》、《天壤閣甲骨文字考釋》、《殷虛文字記》，也是研究甲骨有用的參考書。至於胡厚宣研治甲骨甚勤，著作也富。魯實先精於曆學，治甲骨學，所著《殷曆譜糾譎》，攻殷曆譜不遺餘力。其他甲骨學著作甚多，在此不能細說。談到研究的方法，董作賓先生在〈殷曆譜自序〉中，曾把甲骨文字的研究，分為四階段：

一、字句的考釋；

二、篇章的通讀；

三、分期的整理；

四、分派的研究。

大概一般研究甲骨的學者，都很難超出他所說的範圍了。

D.甲骨文字典

甲骨文字典的編輯，有王襄、商承祚、朱芳圃、孫海波、金祥恆、李孝定諸家。這些都是初涉獵甲骨文的津梁，現在列表比較如次：

編者	字典名稱	可識字	出版年月
王襄	《簠室殷契類纂》	八七三	民九、十二月（一九二〇）
商承祚	《殷虛文字類編》	七八九	民十二、七月（一九二三）
朱芳圃	《甲骨學文字編》	九五六	民二十二、十二月（一九三三）

孫海波	《甲骨文編》	一〇〇六	民二十三、十月（一九三四）
金祥恆	《續甲骨文編》		民四十八、十月（一九五九）
李孝定	《甲骨文字集釋》	一七〇四	民五十四、五月（一九六五）

談到考釋文字，收穫最多的，首推羅振玉氏。羅氏的《殷虛書契考釋》，刊行於民國四年（一九一五年）。在此書中，認識而加以解說的字，共計四百八十五。次年，又輯錄不可識的字為《待問編》一卷，共計一千零三。民國十六年（一九二七年），羅氏增訂《殷虛書契考釋》，又從《待問編》中選出八十五字，加以考釋，因而可識的字增為五七〇，不識的字減為九一八，合計共為一四八八字。但是所據的甲骨文字材料，只限於《藏龜》、《前編》、《後編》、《菁華》四種。孫書所根據的，是《鐵雲藏龜》等八種拓本。現在所知道的著錄甲骨文字的書、照片、墨拓、摹寫三類，不下五、六十種，孫書所根據的只是其中一小部份材料。孫書附錄所收不可識的一一一二字，連可識的共有二一一八字。金祥恆所續，計二千五百餘字，較孫編增加三百多字。李孝定的《集釋》，收可識的一七〇四字，已較孫氏增多十分之四。不過，李氏採錄也還不算完備。一九六五年上海中華書局的《甲骨文編》，和一九三四年編印的《甲骨文編》同名，但在內容上和體例上已大加改訂和增益。材料方面比較完備，考訂方面，採納了許多新的研究成果。

此書充分利用了甲骨出土後已經著錄的資料，從中錄定了正編一七二三字和附錄二九四九字，共計四六七二個單字。甲骨刻辭中所見的已釋和未能釋定的單字，大致上已稱齊備，在目前說，可以算是最完備的一部甲骨文字典。

E. 甲骨文字的特徵

甲骨文字由於刀刻的原因，故其筆勢多方折。又由於是臨事應用，因此筆畫多少不一定，獨體字向背不一定，合體字左右不一定。為著便利，簡筆字非常的多。如十（甲）、乙（乙）、内（丙）、口（丁）、戊（戊）、己（己）、庚（庚）、辛（辛）、工（壬）、癸（癸）、子（子）、丑（丑）、寅（寅）、卯（卯）、辰（辰）、巳（巳）、午（午）、未（未）、申（申）、酉（酉）、戌（戌）、亥（亥）。這些都和現代一般人寫簡俗字的道理是相同的。

3. 鏤於鐘鼎彝器的古文

《墨子・貴義篇》說：

古者聖王，書於竹帛，鏤於金石，琢於盤盂，傳遺後世子孫。

由此可知古代鏤鑄於器物的文字，也和書於竹帛上的文字，有同等的重要。〈說文敘〉說：

郡國亦往往於山川得鼎彝，其銘即前代之古文，皆自相似。

可見漢代文字學家也援據金文來考核文字。清儒阮元〈商周銅器說〉更詳細說明周以前人重視鐘鼎彝器的事實。他說：

三代時，鼎鐘為最重之器，故有立國以鼎彝為分器者：武王有分器之篇，魯公有彝器之分，是也。有諸侯大夫朝享而賜以重器者：周王予虢公以爵，晉侯賜子產以鼎，是也。有以小事大而賂以重器者：齊侯賂晉以地而先以紀甗，魯公賄晉卿以壽夢之鼎，鄭賂晉以襄鐘，齊人賂晉以宗器，燕人賂齊以斝耳，徐人賂齊以甲父鼎，鄭伯納晉以鐘鎛，是也。有以大伐小而取為重器者：魯取鄆鐘以為公盤，齊攻魯以求岑鼎，是也。有為述德儆身之銘以為重器者：祭統述孔悝之銘，叔向述讒鼎之銘，孟僖子述正考父鼎銘，史蘇述商衰之銘，是也。有為自矜之銘以為重器者：禮至銘殺國子，季武子銘得齊兵，是也。有鑄政令于鼎彝以為重器者：司約書約劑于宗彝，晉鑄刑書于刑鼎，是也。且有王綱廢墜之時，以天子之社稷而與鼎器共存亡輕重者：武王遷商九鼎于洛，楚子問鼎于周，秦興師臨周求九鼎，是也。

至於鐘鼎彝器品類非常的多。樂器有鐘、鎛、鐸、鈴、錞于……，烹飪食器有鼎、鬲、甗、盤、洗、匜、段、簠、卣、匕……，酒器有尊、罍、觚、觶、爵、角、斝、彝……，兵器有戈、戟、勾兵、刀、劍……等等。阮元〈商周銅器說〉云：「商周二代之道，存於今者，有九經焉。若器則罕有存者，所存者銅器鐘鼎之屬耳。古銅器有銘，銘之文為古人篆跡，非經文隸楷縑楮傳寫之比，且其詞為古王侯大夫賢者所為，其重與九經同之。」阮元的說法，著眼於證經考史，闡明銅器銘文的重要性，其實這些遺留下來的銘文，本身正是古文字的重要資料。

A.刻鑄彝器的文字的名稱

刻鑄在鐘鼎彝器上的文字，因為彝器的品質是金屬，故有稱它為「金文」的，如吳榮光《筠清館金文》、吳式芬《攈古錄金文》、鄒安《周金文存》、容庚《金文編》等。有因古人作器，往往選用良好的金屬，故又稱為「吉金文」的，如劉心源《奇觚室吉金文述》、羅振玉《三代吉金文存》等。有因彝器文字陰文曰「款」，陽文曰「識」，故有稱為「彝器款識」的，如錢坫《十六長樂堂古器款識》、阮元《積古齋鐘鼎彝器款識》、方濬益《綴遺齋彝器款識》等。一般人因古器以鐘鼎為最重，故也稱為「鐘鼎文」。比較起來，還是稱金文來得適當。

B.鐘鼎彝器的鑄法

古代鐘鼎彝器之屬是用銅加錫的合金鑄成的，所以近代叫它做青銅器。其摻合的份量視器別而異。《周禮・考工記》說：「金有六齊：六分其金而錫居一，謂之鐘鼎之齊。五分其金而錫居一，謂之斧斤之齊。……」可知古器是以銅錫的合金做成的。《墨子・耕柱篇》說：

昔者夏后開使蜚廉折金於山川，而陶鑄之於昆吾。

陶謂作笵，鑄謂鎔金，鎔金必先作笵。其鑄造的方法，宋應星《天工開物》(卷中〈冶鑄〉)說：

凡造萬鈞鐘與鑄鼎法同，掘坑深丈幾尺，燥築其中如房舍。埏泥作模骨，用石灰三和土築，不使有絲毫隙坼。乾燥之後，以牛油黃蠟附其上數寸。油蠟分兩，油居什八，蠟居什二。其上高蔽抵晴雨（夏月不可為，油不凍結）。油蠟墁定，然後雕鏤書文物象絲髮成就，然後舂篩絕細土與炭末為泥塗墁，以漸而加厚至數寸，使其內外透體乾堅，外施火力，炙化其中油蠟，從口上孔隙鎔流淨盡，則其中空處即鐘鼎托體之區也。凡油蠟一斤虛位，填銅十斤。塑油時盡油十斤，則備銅百斤以俟之。中既空淨，則議鑄銅。

由上所記，可以推知古人鑄造術的優越，今日流傳的古銅器，其文字、花紋、款式之精美絕倫，實在是有其原因的。

C. 金文的著錄

宋代商周故都，出土的鐘鼎彝器很多，故金文之學，始盛於宋代，著錄金文之書，也始於宋代。如呂大臨的《考古圖》、《續考古圖》、王黼等《宣和博古圖錄》，既圖形狀，復摹款識，這是一派。如王俅《嘯堂集古錄》、薛尚功《歷代鐘鼎彝器款識法帖》專摹款識，或加考釋，這是又一派。清乾、嘉以後，金文之學大盛，屬於圖象的撰錄，有高宗敕編的《西清古鑑》、《寧壽鑑古》、《西清續鑑》甲編、乙編、錢坫《十六長樂堂古器款識》、曹奎懷《米山房吉金圖》、劉喜海《長安獲古編》、吳雲《兩罍軒彝器圖釋》、潘祖蔭《攀古樓彝器款識》、吳大澂《恆軒所見所藏吉金錄》、端方《陶齋吉金錄》、《續錄》、羅振玉《夢郼草堂吉金圖》、《貞松堂吉金圖》、陳寶琛《澂秋館吉金圖》、關保謙《新鄭古器圖錄》、容庚《寶蘊樓彝器圖錄》、《武英殿彝器圖錄》。屬於文字的撰錄，有阮元《積古齋鐘鼎彝器款識》、吳榮光《筠清館金文》、吳式芬《攈古錄金文》、徐同柏《從古堂款識學》、朱善旂《敬吾心室彝器款識》、劉心源《奇觚室吉金文述》、吳大澂《愙齋集古錄》、陳介祺《簠齋吉金錄》、方濬益《綴遺齋彝器款識考釋》、鄒安《周金文存》、羅振玉《殷文存》、《貞松堂集古遺文》、《補遺》、《續補》、《三代吉金文存》、容庚《秦漢金文錄》、劉體智《小校經閣金文拓本》、孫海波《續殷文存》等。清代早期《西清古鑑》四書，迻錄款識不脫宋代考古、博古的舊習；到了《積古齋鐘鼎彝器款識》，摹刻漸精；近代印刷攝影之術日工，影印文物，和原器不差分毫，給予研究者無限便利。

根據王國維著《宋代金文著錄表》（容庚重定本）所錄殷周秦漢彝器凡六百二十六器，《西清古鑑》四書所錄彝器有銘文的凡一千一百七十六器（疑偽約十之四）。王氏又著《國朝金文著錄表》，所錄凡三代器三千四百七十一，列國先秦器九十八，漢器六百十六，三國至宋，金一百十器，共計四千二百九十五器，可見清代金文學發達的程度。王氏書成於民國三年（一九一四年）八月，蒐羅尚不完備。丹徒鮑鼎又據續出之書及原表未列之《西清古鑑》四書，作《國朝金文著錄表補遺》二卷，書成於民國二十年（西元一九三一年）初秋。合計宋表六百四十三器，除疑偽器十九，秦漢以後器六十，三代器實得五百六十四器。三表合計共七千一百四十三器，三代實佔五千八百零四器，列國先秦一百六十四器，漢以後一千一百七十六器。凡古器物之著錄（樂器、禮器、兵器、度量衡器、及雜器）大略具於此數，真夠得上說洋洋大觀了。

D. 金文的研究

金文包括的時期甚長，即以兩周而論，也歷時八百年之久。大抵周以前的金文，可以歸屬古文的系統。一般文字學家對這一期的研究也特別多。有專考一器的，如吳大澂的《毛公鼎考釋》、王國維《克鼎銘考釋》等。有通考全體的，如郭沫若《兩周金文辭大系圖錄及考釋》、容庚《商周彝器通考》等。有考訂文字的，如吳大澂《字說》、孫詒讓《名原》、《古籀餘論》等。有用金文考訂古史的，如劉師培《周代吉金年月考》、王國維《生霸死霸考》。至於編輯彝器文字，便利學者的翻檢，有宋王楚的《鐘鼎篆韻》、薛尚功的《廣鐘鼎篆韻》、楊珣的《增廣鐘鼎篆韻》、金黨懷英的《鐘鼎集韻》、元吾邱衍的《續古篆韻》、明釋道泰的《集鐘鼎古文韻選》、朱時望的《金石韻府》、清汪立名的《鐘鼎字源》，都是以韻隸字，通行的只有《鐘鼎字源》一書，取材既儉，謬誤又多。到了吳大澂的《說文古籀補》，收羅殷周金石文字，分別部居，全依《說文》。所收的字，都是據墨拓原本，疑似不能認識的，別為附錄。其增輯本共收文一千四百一十，重三千三百六十五，為鐘鼎字書開一新紀元，一般人纔能夠利用這本書讀一切彝器文字。近人有丁佛言的《說文古籀補補》、強運開的《說文古籀三補》，所補的多屬匋璽文字。最後有容庚的《金文編》，依吳書體例，刪去貨幣匋璽文字。初版本在一九二五年印行，一九三九年再版時有所增修，一九五九年第三次出版，內容更加充實。全書據歷代出土的商周青銅器中三千多器的銘文拓本或影印本臨摹的。其可確認或撰者以某家考釋可從的，共收一千八百九十四字，重文一萬三千九百五十字；其有疑義或不可辨識的為附錄，共收一千一百九十九字，重文九百八十五字。每一金文都注明出處，書末附有器目和檢字，這是目前最完善的一部金文字典。另有《續編》，收秦漢金文，因為不在古文範圍之內，故不詳說。

E. 金文的風格

彝器文字，大約可分為商、周、秦、漢四期。商器文字簡質，以有文字畫或以甲、乙稱者屬之。西周彝器，書體頗承殷人之舊，所記多冊命、訓誥、征伐、戍守、賚錫、燕饗、祭祀之事，頗與經傳相表裡。如毛公鼎、小盂鼎、散氏盤之屬，銘文多至三、四百，乃至四、五百，文詞爾雅，儼然〈周誥〉之遺。昔人言：「得古代銘文，可抵《古文尚書》一篇。」確非空論。其字體筆畫已漸趨固定，不像甲骨文任意緐簡。春秋以後，其書體又與西周有別，尤以楚、越二國，更加有顯著的不同。傳世有利徙鐘、劍槃諸器，當屬春秋時器物，文字詭異，不可辨識，大概就是所謂與古文不同的奇字。

彝器多屬傳世重器，刻鑄極為考究，故文字有求美的趨勢，筆勢也較緐。有加羨文的，如王子匜（西周後期），子字加四爪、之下加兩蟲之類：

有鳥書體，盛行於春秋戰國，如玄婦方罍、越王矛、越王劍之類，字畫加鳥形，如：

❐籀文

1. 籀文的名稱

籀文，或稱大篆。《漢書・藝文志》說：

《史籀》十五篇。自注：周宣王太史作大篆十五篇。建武時，亾六篇矣。

又說：

《史籀篇》者，周時史官教學童書也。與孔氏壁中古文異體。

〈說文敘〉說：

及宣王太史籀著大篆十五篇，與古文或異。

從上引的材料中，得知名為《史籀》的十五篇書，即是名為「大篆」的十五篇書。那麼，號稱「大篆」這種字體，其字樣即存留於《史籀篇》中。同時，《史籀篇》是周宣王時太史名籀的人所作，因而這種篆體，也名為籀文或大篆。這是相沿二千年，從無異議的舊說，至近代王國維先生在《觀堂集林・卷五・史籀篇疏證序》中纔提出新說：因為《蒼頡篇》首句是「蒼頡作書」，所以推測《史籀篇》首句也必是「太史籀書」，這裡「籀」字是抽讀的意思，不是人名。又說《說文》裡存其字謂之「籀文」，舉其書謂之「史篇」。並說籀文非書體之名。又在《觀堂集林・卷七・戰國時秦用籀文六國用古文說》一文中說籀文是西土文字，古文是東土文字，彼此絕不相通。其實「太史籀書」一語，全出自王氏構想，毫無實證。籀文「彡」字，屢見戰國東方器物中；秦大良造鞅銅量的「太」字，即是古文，所以王氏新說，並不能推翻舊說。（予有〈史籀篇非周宣王時太史籀所作辨〉，載《新亞學報》五卷一期❶。）〈說文敘〉中提到本書體例時說：「今敘篆文，合以古、籀。」可知《說文》重文中標明籀文的二百二十五個字，即是《史籀篇》中的字。大篆既明列為八體之一，那末說籀文是大篆這一體的別名，當然是毫無疑義的。

2. 籀文的時代

《史籀篇》是中國歷史上最古的一部字書。從《漢書．藝文志》起都說是周宣王時的作品。在古代把文字整理編訂成為一部教科書，是一件大事，這當在政治文化強盛或有所改革的時代，絕不會出自衰季之世，所以漢代人所傳的說法，是有其真確性的。王國維氏疑「《史籀》一書，諸儒著書口說未有及之者」，其實古代載記簡略，即李斯作《蒼頡篇》，也不見於《史記．秦本紀》及〈李斯傳〉中，這是不用懷疑的。王氏又說《史籀篇》不傳於東方諸國，這也是有它的原因的。章太炎先生〈小學略說〉云：

自蒼頡至史籀作大篆時，歷年二千，其間字體，必甚複雜。史籀所以作大篆者，欲收整齊畫一之功也，故為之釐定結體，增益點畫，以期不致淆亂。今觀籀文，筆畫緐重，結體方正，本作山旁者，重之而作屾旁，本作巛旁者，重之而作巜巛旁，較鐘鼎所著踦斜不整者，為有別矣。此史籀之苦心也。惜書成未盡頒行，即遇犬戎之禍。王畿之外，未收推行之效。故漢代發現之孔子壁中經，仍為古文。魏初邯鄲淳亦以相傳之古文書三體石經。至周代所遺之鐘鼎，無論屬於西周，或屬於東周，亦大抵古文多而籀文少。此因周宣初元至幽王十一年，相去僅五十年，史籀成書，僅行關中，未曾推行關外故也。

❶ 編按：作者所撰之〈史籀篇非周宣王時太史籀所作辨〉一文，已收錄於本書之附錄。

章先生所說，是很符合歷史的真相的。

3. 籀文的字數

籀文最可靠的樣本，應該是《說文》重文中注出是籀文的那二百二十五個字。此外石鼓文常被人指為是籀文，但論證並不充足。不過，籀文既是一種字體，為甚麼《說文》裡只出二百餘字？按自段玉裁〈說文敘注〉以下許多文字學家，考明《說文》的體例是：凡古文、籀文與小篆相同的字出小篆；與小篆不同的字纔出古籀。可以說《說文》中小篆各字可能包括了古文、籀文，所出的只是與小篆組織構造不同的古、籀而已。道理說得最透澈的要數張行孚，他說：

夫小篆已為古籀，而小篆外復有古籀者，蓋歷代文字各有增易，其古籀相同者，李斯既錄之為小篆矣；而其不同者，錄古文則遺籀文，錄籀文則遺古文，此今之《說文》所以既有小篆，復有古、籀也。其一字有數古文者，則歷代所增益也。然則其間雖非竟無李斯所改者，要亦寥寥而無幾矣。竊疑李斯下令，但取民歸於一涂，無有異議，而未必求事事己出，所以《詩》《書》之說，與秦法異議即棄市；《易經》為秦卜筮所用，即因仍而不焚。不然，同一古聖典籍，何或焚或用哉？然則其於文字，亦但恐古、籀兩行，則公私文字不能歸於劃一，所以一字而古、籀不同者，既行古文，則廢籀文，既行籀文，則廢古文，但有整飭，而無改易也。觀乎一、二、三為最初之古文，今轉為小篆，而後出之弌、弍、弎反為古文，可見當時所遵行，雖創始之文，亦為小篆；當時所不用，即後出之字，亦為古文也。

由此可知籀文和小篆相同之字，即包括在小篆之中；《說文》中二百多個籀文，只是與小篆不同的字罷了。

至於籀文的字數，張懷瓘《書斷》說：「史書凡九千字……案許慎《說文》十五卷九千餘字，適與此合，故先民以為慎即取此而說其文義。」清孫星衍〈重刊說文敘〉、桂馥《說文義證・說文敘注》都採用他的說法。段玉裁〈說文敘注〉力闢其誤，云：

自秦至司馬相如以前，小篆祇有三千三百字耳。淺人云《蒼頡》大篆有九千字，大篆之多三倍於小篆，其說之妄，不辯而可知矣。

按《漢書・藝文志》：「《蒼頡》七章者，秦丞相李斯所作也。《爰歷》六章者，車府令趙高所作也。《博學》七章者，太史令胡母敬所作也。文字多取《史籀篇》，而篆體復頗異，所謂秦篆者也。」可見《蒼頡》三篇的文字多與《籀篇》相同，而字體與《籀篇》頗異。秦篆既然只有三千三百字，那《籀篇》的字數也不會相去太遠了。

4. 籀文的特點

王國維先生〈史籀篇疏證序〉說：

《史篇》文字，就其見於許書者觀之，固有與殷周間古文同者，然其作法，大抵左右均一，稍涉繁複，象形、象事之意少，而規旋矩折之意多。

按所謂象形、象事之意，即是圖畫性；規旋矩折之意，即是線條的、便化圖案的符號性。章太炎先生也說：「今觀籀文，筆畫緐重，結體方正，本作山旁者，重之而作屾旁，本作巛旁者，重之而作巜旁，較鐘鼎所著踦斜不整者，為有別矣。」如：

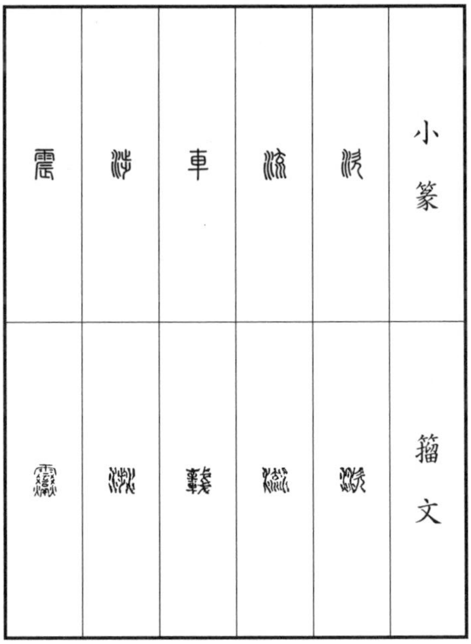

這可以說明籀文是周代一種包括構造與風格都嚴整而劃一的新興字體，這種字體編纂成的教科書，即是《史籀篇》。可惜今天確鑿實指的，只有《說文》中那二百二十五個字了。

❐小篆

把各種字體分門別類，命以專名，始自秦代。〈說文敘〉說：

自爾秦書有八體：一曰大篆，二曰小篆，三曰刻符，四曰蟲書，五曰摹印，六曰署書，七曰殳書，八曰隸書。

現在據秦書的實物，再結合文獻來作總的考察，秦書八體，實有四大類：一是小篆以前的古體，即大篆；二是同書文字以後的正體，即小篆；三是新興以趨約易的俗體，即隸書；四是其他不同用途的字體，即刻符、摹印等。

小篆對大篆而得名，因為秦篆以前的字體，後人叫它做大篆，所以秦代的就叫做小篆。〈說文敘〉說：

斯作《蒼頡篇》，中車府令趙高作《爰歷篇》，太史令胡毋敬作《博學篇》，皆取《史籀》大篆，或頗省改，所謂小篆者也。

又因為小篆是秦代的篆書，所以漢人稱之為秦篆。《漢書・藝文志》說：

《蒼頡》七章者，秦丞相李斯所作也。……文字多取《史籀篇》，而篆體復頗異，所謂秦篆者也。

秦人用法律手段來統一文字。一方面消極地不再通行使用那些與秦文不合的，一方面更積極地重編字書如《蒼頡篇》等來推行小篆。我們看頌秦功德的泰山、琅琊、嶧山諸刻石，字體最為謹嚴莊重。不但筆畫的軌跡沒有硬方折的，其筆畫線條也極勻淨，比起商周銅器上的文字來，圖畫性減少，而便化的、圖案的、線條的符號性增強。例如[illegible]之為山、[illegible]之為[illegible]。所以《說文》解篆為「引書」，正說明它已變成了匀淨的線條組織了。所以秦文不合這種莊嚴圓轉風格的「約易」新字體，便被加上「隸」的卑稱。現在統觀秦代刻石的字體，大概和《說文解字》所載錄的很為接近。

㈡隸書

字體名稱的興起，往往後於字體的產生和流行。例如周代的一種字體，原來並無專名，到了秦代纔追稱為大篆。回過頭來，再將當代的篆書稱為小篆。對於次於篆的新字體，給它一個卑稱為隸書。到了漢、魏之際有了新興的隸體——即新俗體，如鍾繇的表啟，纔把像兩漢、曹魏碑版上的那類舊隸體字升格稱為古隸或八分，而把「隸」這一名稱騰出來給新俗體。但仍嫌混淆，於是給它定些新的名稱為「真」或「正」或「楷」或「今隸」。

❐隸書的名稱

《漢書・藝文志》說：

是時，始造隸書矣，起於官獄多事，苟趨省易，施之於徒隸也。

〈說文敘〉說：

是時，秦燒滅經書，滌除舊典，大發隸卒，興役戍，官獄職務繁，初有隸書，以趨約易，而古文由此絕矣。

又說：

> 及亾新居攝，……時有六書。……三曰篆書，即小篆，秦始皇帝使下杜人程邈所作也。（徐鍇曰：「李斯雖改《史篇》為秦篆，而程邈復同作也。」段玉裁曰：「按此十三字，當在下文左書即秦隸書之下。」）四曰佐書，即秦隸書。

由此可知隸書是起於秦代，目的是為了應用，故簡化筆勢，力求便利。因為隸書是施之於徒隸，即以書寫之人為書體之名。王莽時改名佐書，段注解佐為佐助之義。近人啟功《古代字體論稾》認佐即書佐，也是吏職之稱，並舉華山廟碑的寫者是書佐郭香察，理證也很堅強。

秦代的隸書的形狀，我們還未發現秦代徒隸手寫的遺跡，不能確指。但自清光緒末年，在新疆甘肅發現了兩漢魏晉人手寫的木簡，有些還有西漢武帝、宣帝、元帝、成帝、平帝、王莽、東漢光武帝、明帝、章帝、和帝、順帝、桓帝的年號。這些墨寶，很能提供隸書源流衍變的真相。我們能見到的秦代文字實物，其中最莊重的頌功德的刻石，當然是標準篆書；其他普通常用的字，是一般權量和詔版的字。其字有較工整的如大騩權，也有很潦草的如詔版。即使工整一類的，也和頌功刻石的風格不同，而潦草一類的，更饒有「以趨約易」的現象。但不論工整的或潦草的，都有一種特點，即是雖構造不同，而筆畫軌跡常是硬方折的，不像頌功刻石那樣勻圓。我們知道，方折散開的筆畫，寫起來實比圓轉鉤連的方便得多。而圓轉鉤連中的許多細節，也就容易被省略；再加潦草隨便，這即是不標準處，也即是所謂「俗處」。這恐怕便是秦篆蛻變為隸書最初期的情況。我們可以說秦權量所載的詔書，正是「亦篆亦隸」、「由篆變隸」初期的隸書。試看西漢的吉金石刻，雖屬隸體，也多用篆書筆法；乃至西漢許多木簡都是帶有篆意的隸書。

❐隸書的演變

徐鍇《說文繫傳》說：

> 程邈隸書，即今之隸書，而無點畫俯仰之勢，故曰古隸。

這是說從無點畫俯仰之勢的秦隸，逐漸變為方折有挑法的漢隸。這種在一個名稱之下，而「移步換形」的實際變化，正如用豆油的燈盞，逐漸變為煤油燈、電燈似的。名稱雖相同，而實質大異，劉師培氏《中國文學教科書》說：

> 漢人之隸，端凝渾厚，略有波折，遠於篆體，近於真書。蓋隸之視篆，體制不同，故義例亦異。篆體用圓，圓則曲直全缺，無往而不得其宜。隸書用方，方則不宜曲而宜直，不宜半而宜全。故篆之字有變為隸而不復成形者，則假借以通之。假借之途既啟，於是悉破篆文謹嚴之例而惟其所用。

劉氏說明了隸變原因，各種字體的轉變，都有此種類似的情形。現在簡單說明隸書自漢以後的演變。

1. 漢隸

西漢碑刻，已具有挑法的隸體。到了桓、靈之世，傳世隸碑，挑法大著，顯出了漢隸的特色。熹平四年（一七五年）所刻石經，最稱巨製，書石的是名家蔡邕。我們看近代出土的熹平石經殘字，和流沙墜簡中之蘇旦、春君諸簡，其端莊婀娜的姿態，最能表現出漢隸的特色。自從漢隸特色顯著定型之後，而又出現了新隸書（即後來所稱的楷書），於是漢、魏之際有人稱漢隸為八分。《古文苑・卷十七・衛敬侯碑陰文》載魏聞人牟准說：

魏大饗碑群臣上尊號奏及受禪石表文並在許繁昌。尊號奏，鍾元常書；受禪表觀：並金針（一作錯）八分書也。

又晉衛恆《四體書勢》云：

鵠弟子毛弘教於祕書，今八分皆弘之法也。

根據《唐六典》說：

校書郎正字掌讎校典籍，刊正文字，其體有五：一曰古文，廢而不用。二曰大篆，惟石經載之。三曰小篆，即璽旛碣所用。四曰八分，石經碑碣所用。五曰隸書，典籍表奏，公私文疏所用。

這裡所謂隸書，乃是魏、晉以後的真書沿襲舊名；而八分乃是漢隸孳生的新名。至於八分一名的取義，各家也不一致。蔡邕〈勸學篇〉說：

上谷王次仲初變古形。

衛恆《四體書勢》說：

秦隸者，篆之捷也。上谷王次仲始作楷法。

《書斷》引王愔說：

次仲始以古書方廣，少波勢。建初中，以隸草作楷法，字方八分，言有楷模。

還有《古今法書苑》載蔡文姬的話說：「臣父造八分時，割程隸八分取二分，割李篆二分取八分。」有人頗議其說未必可信。大約八分是形容漢隸整齊有波勢的意思。

2. 楷書

楷書、正書、真書，本來都是關涉隸書的說法。衛恆說：「王次仲始作楷法。」張懷瓘《六體書勢》說：「隸書字皆真正。」可見楷書、正書、真書，最初指名的都是隸書。秦代的隸書，僅僅省變篆文的圓折，但以有直有橫的為隸書。漢人增加波勢的隸書，後人目為八分。自魏、晉以後，又變八分的波發，有所謂側、勒、努、趯、策、掠、啄、磔諸法，成為後世的楷書，或稱正書，或稱真書。《宣和書譜》說：

降及三國鍾繇者，備盡法度，為正書之祖。

《晉書・李充傳》：

充善楷書，妙參鍾、索，世咸重之。

晉《中經簿》（高似孫《緯略》引）云：

有湘素書、白縑楷書、黃紙楷書、白絹行書、二尺竹牒楷書、白練絹楷書。

張懷瓘《十體書斷》說：

王獻之能極小真書。

這些都是魏、晉以來稱新體的隸書為楷書、正書、真書的例證。由於楷書是從漢隸發展而來，故六朝唐人也往往稱楷書為隸。《晉書》、《南北史》、《唐書》常稱某人善草隸，草是草書，隸即是楷書。楷書的體勢，源出漢隸，黃長睿《東觀餘論》說得很清楚：

自秦易篆為佐隸，至漢世去古未遠，當時正隸體尚有篆籀意象。厥後魏鍾元常士季及晉王世將、逸少、子敬作小楷，法皆出於遷就漢隸，運筆結體，既圜勁淡雅，字率扁而弗橢。今傳世者，若鍾書〈力命表〉、〈尚書宣示〉、世將〈上晉元帝〉二表、逸少〈曹娥帖〉、〈大令洛神帖〉，雖經摹拓，而古隸典刑具存。

隸書發展而為八分、楷書，翁方綱也分析得很明白：

漢初所造之隸，初省去篆文之圓折，則但以有直有橫者為隸，此在今日當目之為古隸。漢人有波之隸，則由隸漸增筆勢，其形象八字分布，故曰八分。由漢至六朝、唐人皆為之，此在今日，當目之為分隸。至於六朝、唐人已後，改分隸為楷書，若必以隸名，則當名之曰楷隸。

由此可知隸書是分書、楷書的通稱；但因隸書有新的發展，故後代賦予它新的名稱。

㈢草書

〈說文敘〉：「漢興，有艸書。」段玉裁注：

衛恆曰：「漢興而有艸書，不知作者姓名。至章帝時，齊相杜度號善作之。」宋王愔曰：「元帝時，史游作《急就章》，解散隸體麤書之，章艸之始也。」按艸書之稱起於艸稾。趙壹云：「起秦之末，殆不始史游。其各字不連緜者曰章艸，晉以下相連緜者曰今艸。猶隸之有漢隸、今隸也。漢人所書曰漢隸，晉、唐以下楷書曰今隸。艸書又為隸書之省，文字之變已極，故許蒙八體而附著之於此，言其不可為典要也。」

今按艸書有章艸、今艸的區分。章艸是一字自為起訖，具有波磔，筆勢接近漢隸。今艸是盤繞連綿，以一行或一節為起訖，筆勢接近真書。許慎之後，衛恆《四體書勢》也說：「漢興有艸書，不知作者姓名。」這話是可信從的。張懷瓘以為章艸是漢黃門令史游所作，這話是不確實的。史游《急就篇》，〈漢志〉列於小學家，乃是教學童的一部字書。不過後世書家如皇象、鍾繇、衛夫人、王羲之皆有遺跡，而且多用艸書書寫。現在流沙墜簡裡也有許多漢人手寫的《急就篇》。《急就篇》是漢代的字書，故有用隸書寫的，也有用艸書寫的。至於王愔說「解散隸體麤書之」，這句話倒說中了艸書的真際。艸書本是一種草率簡省迅捷的字體，我們看流沙墜簡中所載神爵四年、五鳳元年木簡，都是「解散隸體麤書之」的艸書，而且時代也在史游之前。漢朝人寫的是隸書，所以漢朝人的艸書便含有漢隸的筆法。今艸是魏、晉以後的艸書，魏、晉人通行楷書，楷書的鋒芒較收斂，沒有漢隸的波磔，所以魏、晉人的今艸，便接近楷書的筆勢。這個結論，我們從字體的發展，結合新出土的木簡墨跡，應該是相當正確的。由這個理論推上去，連蔡邕所說秦代有艸書的說法，也可以說得通。按梁武帝書狀引蔡邕云：「昔秦之時，諸侯爭長，簡檄相傳，望烽走驛，以篆隸之難，不能救速，遂作赴急之書，蓋今艸書是也。」現在雖不能看見秦代的簡檄，不過，如果為了應急，解散篆體麤書之，也未嘗不可稱之艸篆。所以蔡邕之言，雖無明證，卻也於理兼通。

至於章艸所以稱章的意義，異議頗多。近人啟功統計共有五說：

1. 漢章帝創始說；
2. 漢章帝愛好說；
3. 用於章奏說；
4. 由於史游《急就章》說；
5. 與章楷的章同義，也即是章程書的章。

考較起來，以3.、5.兩說為合理。試拿今艸和章艸相較，章艸是較為嚴格，今艸是較為隨便的。那麼漢代舊艸體之得章名，應是由於它的條理和法則的性質比較強烈。也可以說正由於它具備了這種性質，纔有合乎章程，用於章奏的資格。總之「草」本是草率、草藁的意思，凡寫得潦草的字都可以算草書。但當作一種專門的字體名稱，則是起於漢初。到了漢末，已經成為大眾流行的書體。我們看趙壹的〈非草書〉一文所譏諷的，便可以見到漢末人對艸書的愛好。《後漢書・張奐傳》注引王愔《文字志》云：「芝少持高操，以名臣子、勤學。……尤好艸書，學崔杜之法，家之衣帛必書而後練，臨池學書，水為之黑。下筆則為楷則，號匆匆不暇草書，為世所寶，寸紙不遺，韋仲將謂之『草聖』也。」由此可知草書已成為通行字體，並且還成為珍貴的藝術品。後代善草書的名家，真是不勝枚舉了。

(四)行書

行書不知起於何時，也不明誰是作者。衛恆《書勢》只分古文、篆、隸、艸書四體。行書附在隸書後加以論列。他說：

> 魏初，有鍾（繇）、胡（昭）二家為行書法，俱學之於劉德昇，而鍾氏小異。

德昇、鍾、胡只不過是善書的書家，並非行書的創造者。大抵文字乃是民眾公用的工具，因時因勢，逐漸演變。它的演變乃是群體的業績，並非一人的力量。《隋書・經籍志》說：

> 自蒼頡訖漢初，書經五變，曰古文、大篆、小篆、隸書、草書。大抵書之變至草而極，極則必反，

反而之於隸，又不可能。真書者，隸之流也。於是消息乎真草之間而行書出焉。

這番話是說得很透澈的。解釋行書的意義的，張懷瓘《書斷》說：

行書即正書之小譌，務從簡易，相間流行，故謂之行書。王愔云：「晉世以來，工書者多以行書著名，鍾元常善行書是也。」爾後王羲之、獻之並造其極焉。

《六體書論》云：

真書如立，行書如行，草書如走。

《宣和書譜》云：

自隸法掃地，而真幾於拘，草幾於放。介乎兩者之間者，行書有焉。於是兼真者謂之真行，兼草者謂之行書。

由此可知行書之體，較楷書便於書寫，比草書易於認識。是日常最合用的一種手寫字體。也可以說是社會上最通行的一種應用字體。今天能看到的行書，劉德昇的遺跡世已失傳，真、行二體，都以鍾繇書為首見。最著名的行書，當然要推王羲之的〈蘭亭序〉了。

二、附　圖

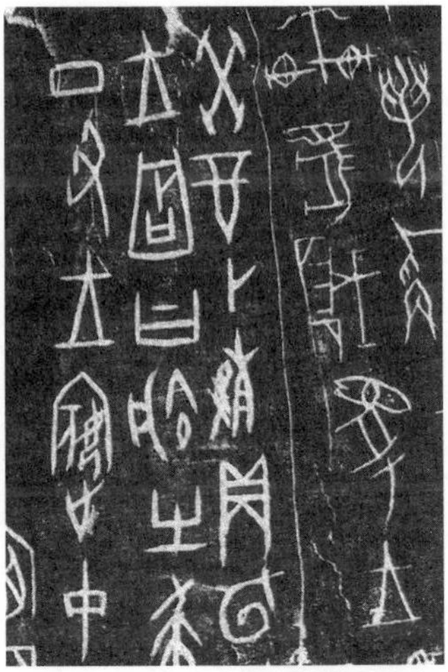

◀圖 1　商甲骨卜辭

◀圖 2　骨匕刻辭（甲）

◀圖 3　骨匕刻辭（乙）

◀圖 4　戍嗣子鼎

◀圖 5　帝辛四祀卣

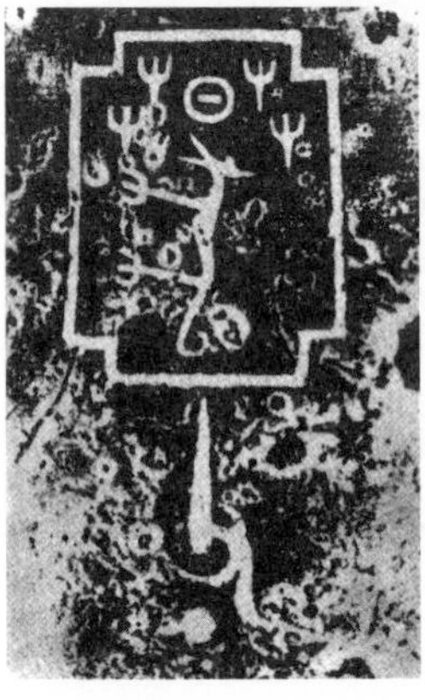

◀圖 6　帝辛祀卣象形文字款識

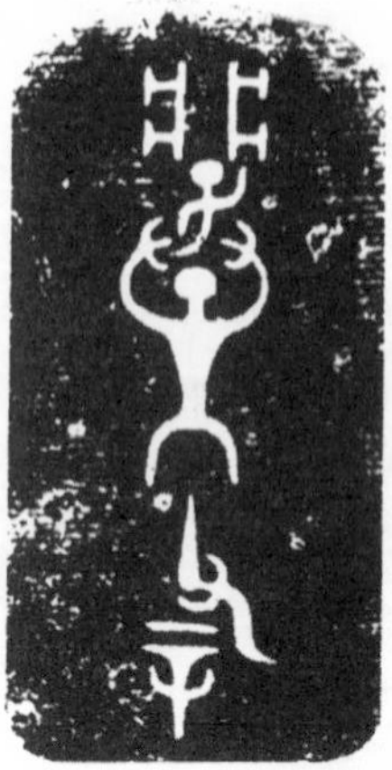
▲圖7　象形文字款識

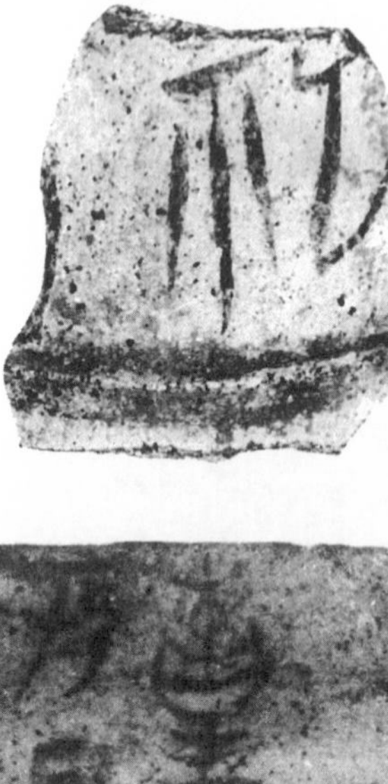
▲圖8　墨書陶片

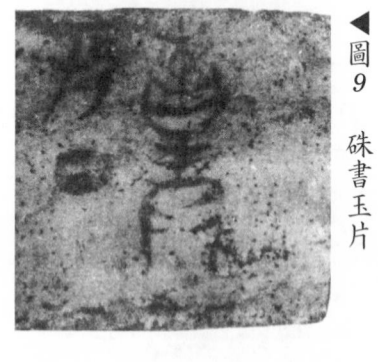

▲圖9　硃書玉片

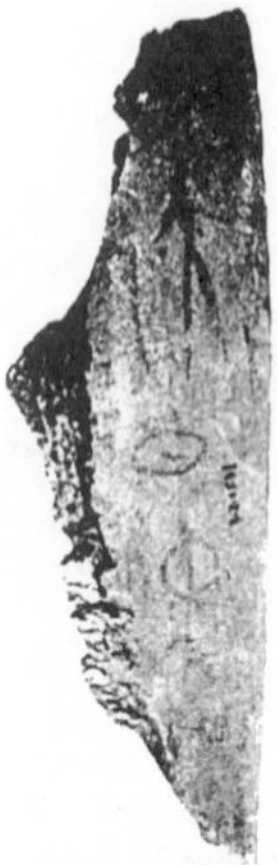
▲圖10　墨書獸骨

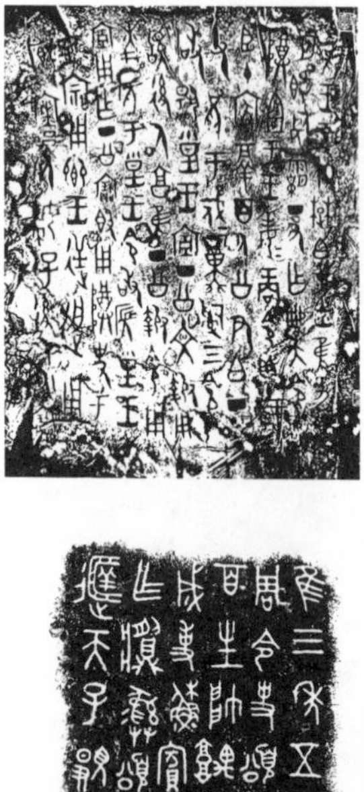
▲圖11　令毀

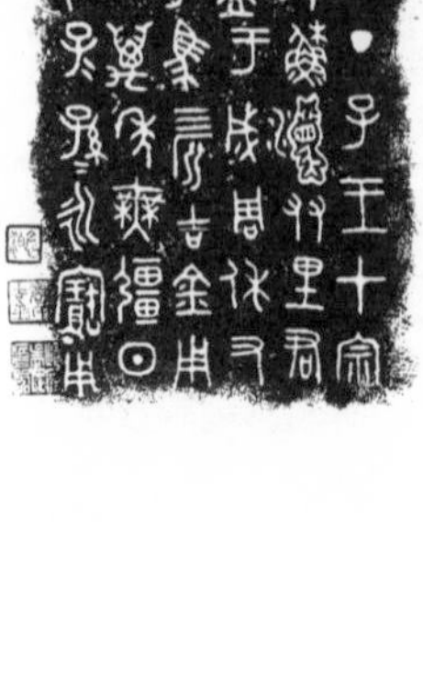
▲圖12　史頌毀

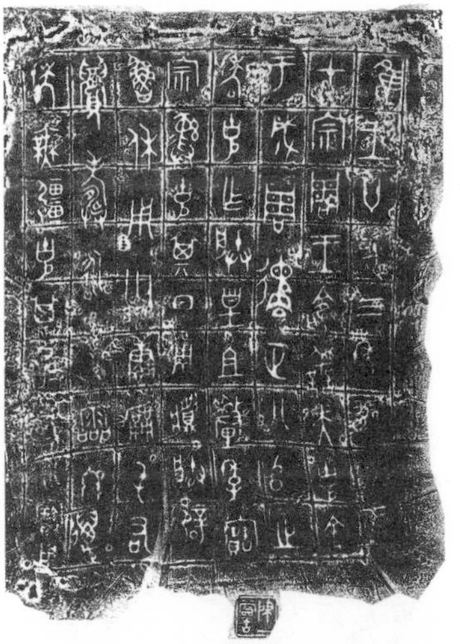
◀圖13　小克鼎

◀圖14　宗婦鼎

◀圖15　曾伯陭壺蓋

◀圖16　毛公鼎

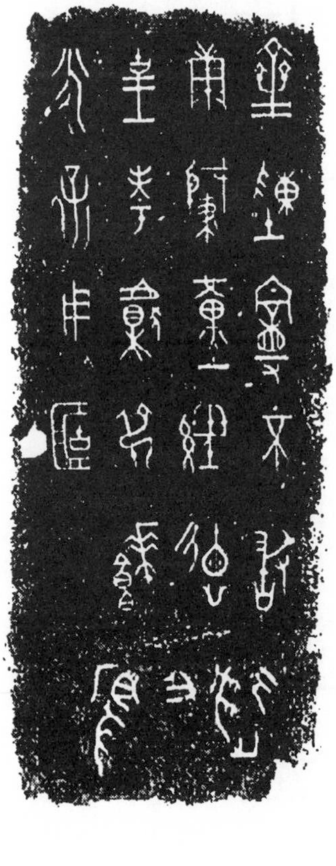
◀圖17　齊陳曼簠

▲圖18 春秋戰國蔡侯盤

▲圖19 驫氏鐘

▲圖20 曾姬无卹壺

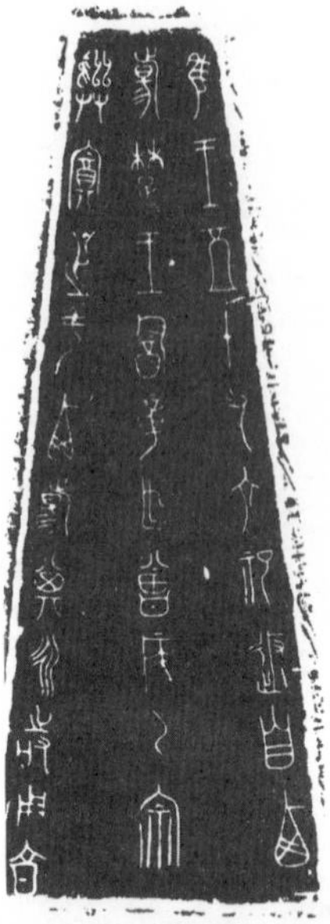

▲圖21 楚王酓章鎛

▲圖22 楚王酓肯鼎

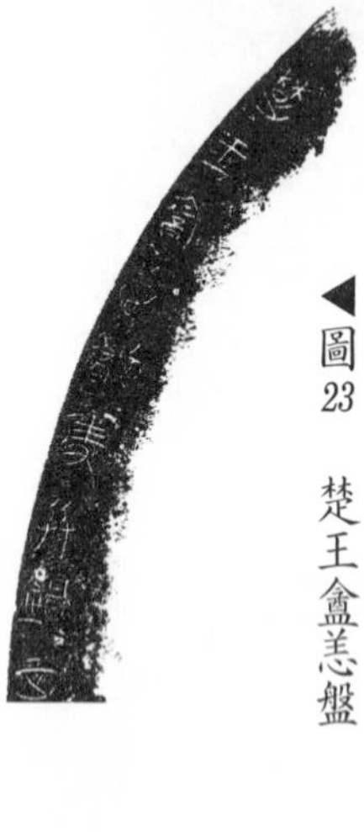

▲圖23 楚王酓恙盤

◀圖24　長沙仰天湖楚簡

◀圖25　信陽楚簡

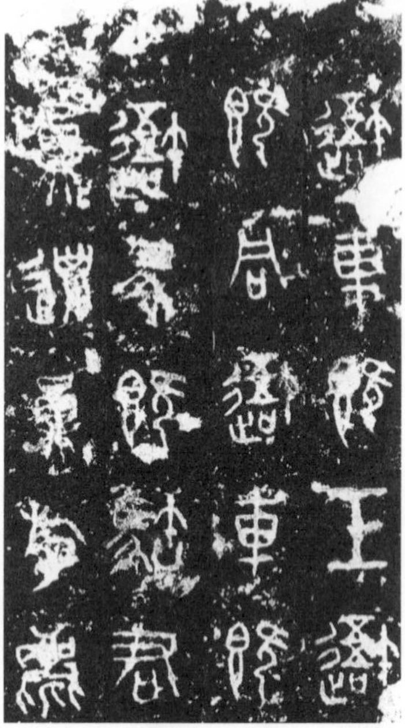
◀圖26　秦石鼓文

◀圖27　秦公毁

◀圖28　大良造鞅量（一）

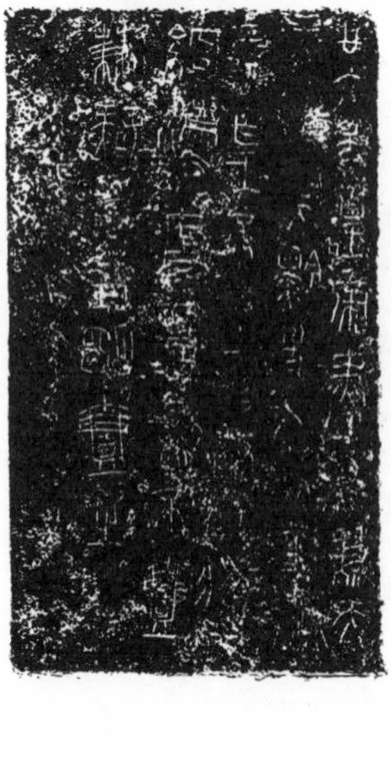
◀圖29　大良造鞅量（二）

▲圖30　呂不韋戟（一）

▲圖31　呂不韋戟（二）

▲圖32　陽陵虎符

▲圖33　泰山刻石

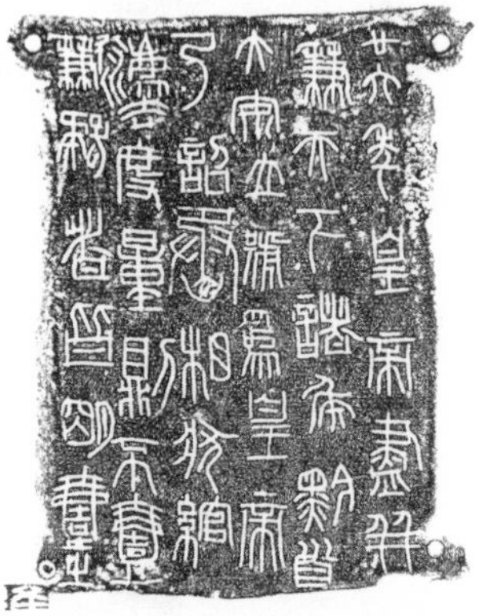
▲圖34　詔版（甲）

▲圖35　詔版（乙）

◀圖36　大騩權

◀圖38　神爵四年簡

◀圖39　五鳳元年十二月簡

◀圖37　永光四年十月簡

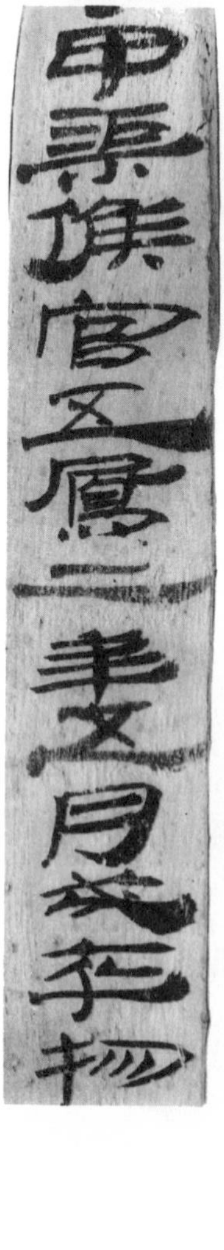

◀圖40　五鳳二年五月簡

◀圖41　陽朔元年六月簡

◀圖42　漢銅鼎

◀圖43　陽泉使者舍熏鑪

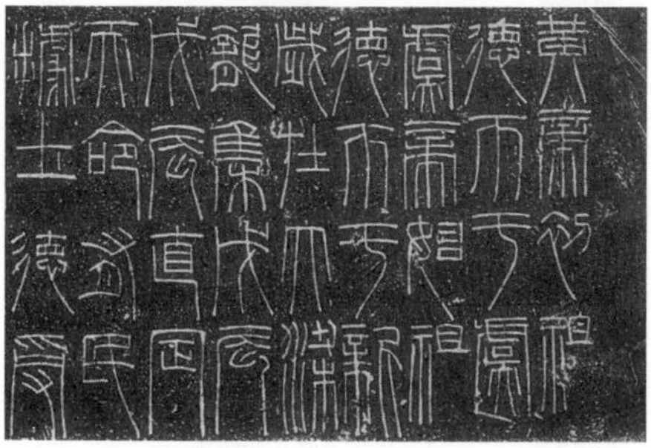
◀圖44　新莽嘉量

◀圖45　天鳳元年簡

◀圖46　敦煌木簡

◀圖47　殄滅簡

◀圖48　春君、蘇且簡

◀圖49　鄐君開通褒斜道記

◀圖50　武威銘旌

▲圖51　永壽二年瓦罐

▲圖52　趙婕妤印

▲圖53　熹平瓦罐（一）

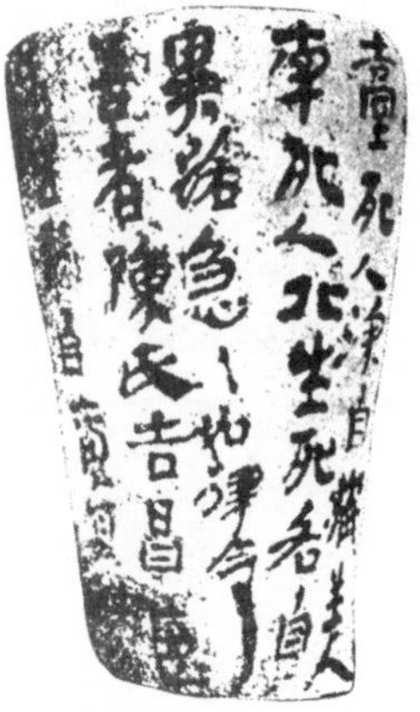

▲圖54　熹平瓦罐（二）

▲圖55　熹平石經

▲圖56　郭香察書華山碑

◀圖57 尹宙碑

◀圖58 曹魏上尊號碑

◀圖59 受禪表

◀圖60 孔羨碑

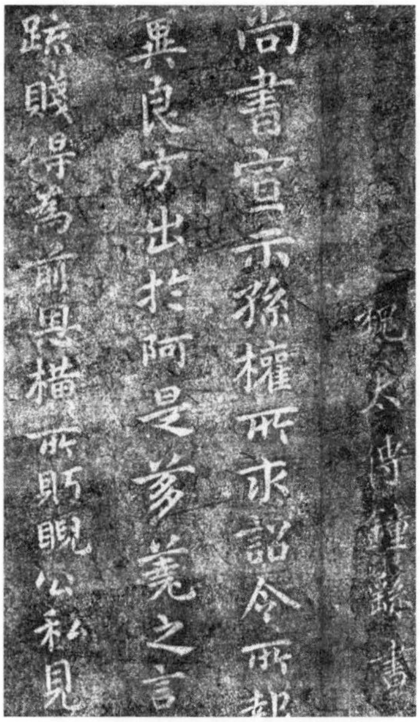

▲圖61　鍾繇書宣示表

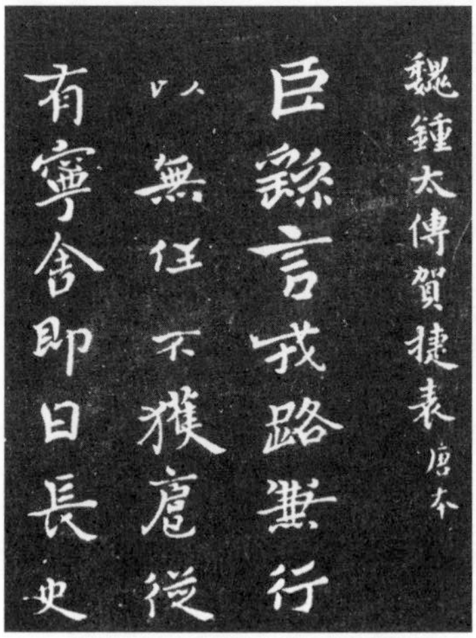

▲圖62　鍾繇書賀捷表

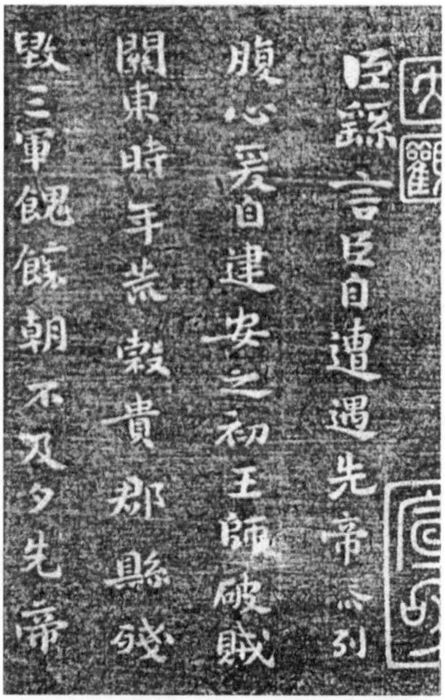

▲圖63　鍾繇書薦季直表

▲圖64　正始石經

◀圖65 樓蘭魏晉木簡（一）

◀圖66 樓蘭魏晉木簡（二）

◀圖67 吳天發神讖碑

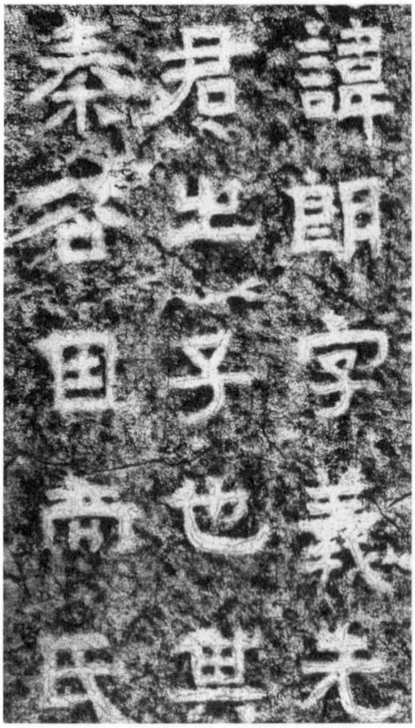

◀圖68 吳谷朗碑

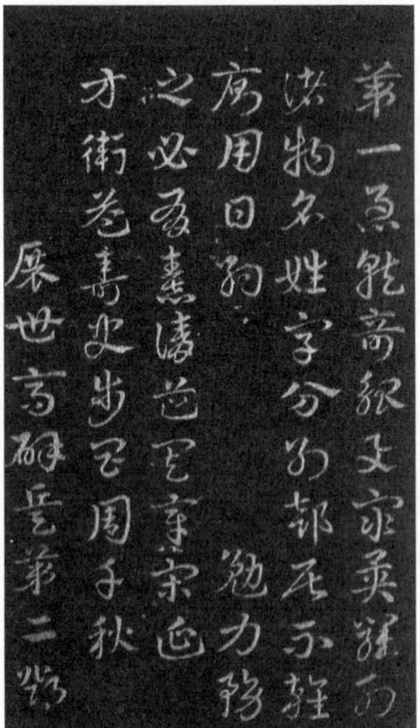

◀圖69 皇象本急就篇

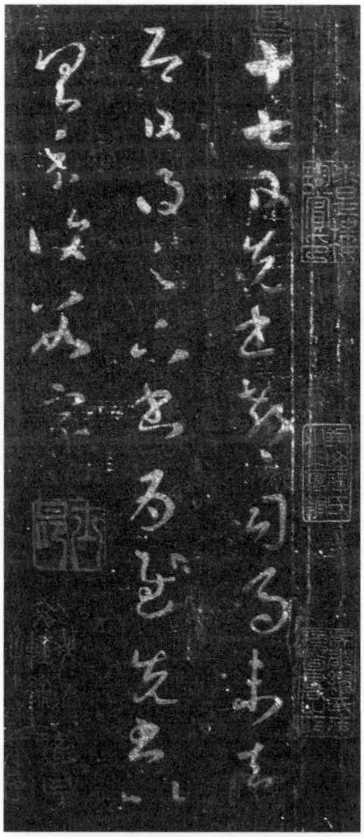

◀圖70　晉王羲之書十七帖

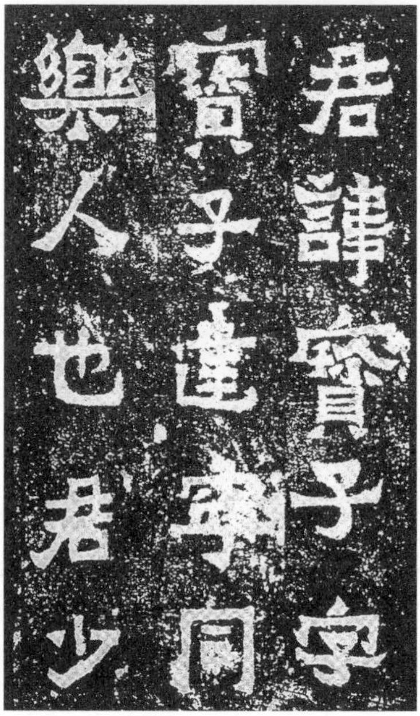

◀圖71　爨寶子碑

◀圖72　劉宋爨龍顏碑

◀圖73　北魏暉福寺碑額

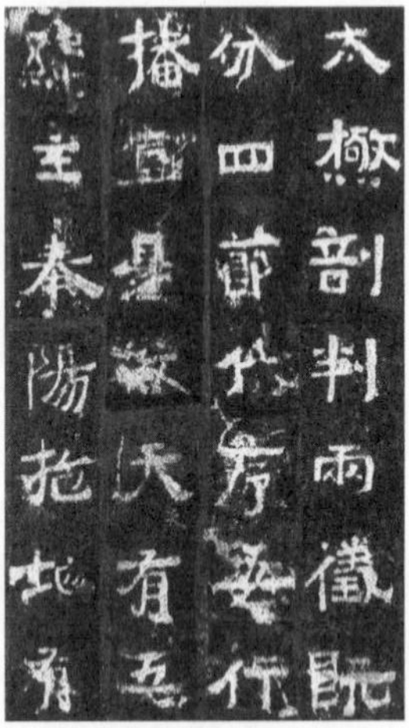

◀圖74 嵩高靈廟碑

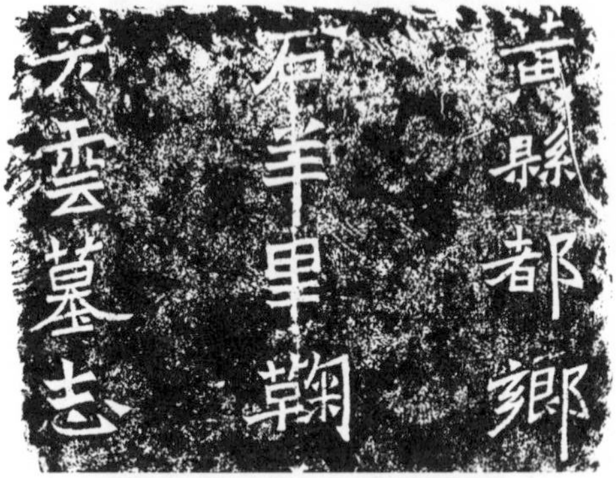

◀圖76 鞠彥雲墓志

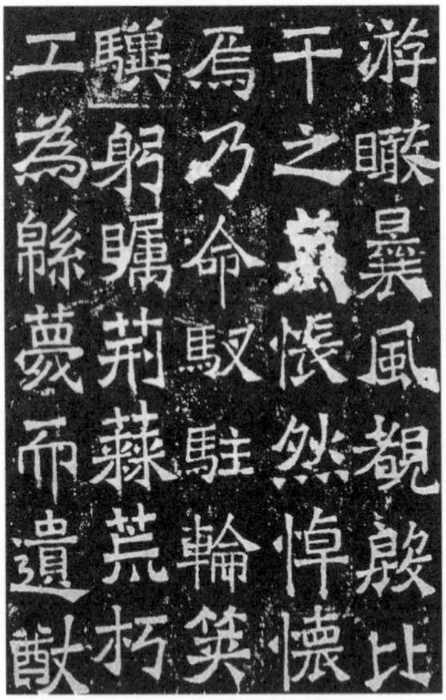

◀圖75 弔比干碑

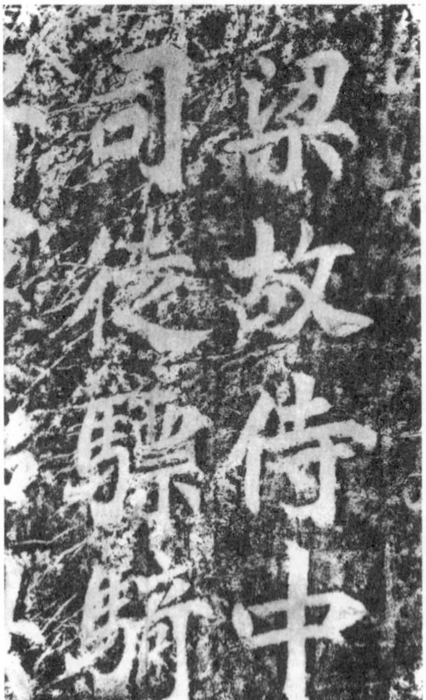

◀圖77 梁貝義淵書始興王碑額

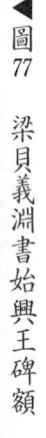

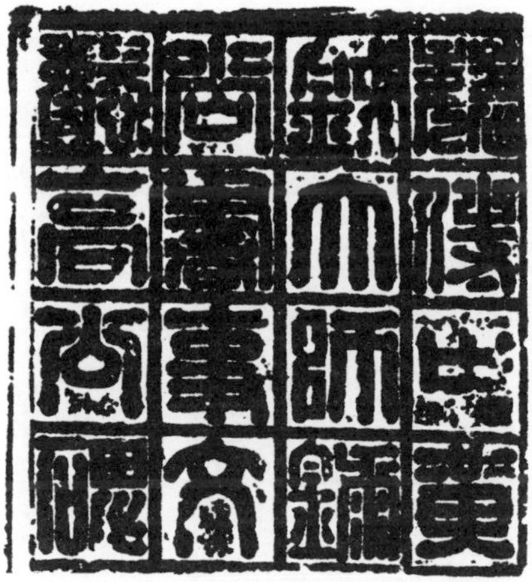

◀圖78　東魏高盛碑額

◀圖79　高盛碑

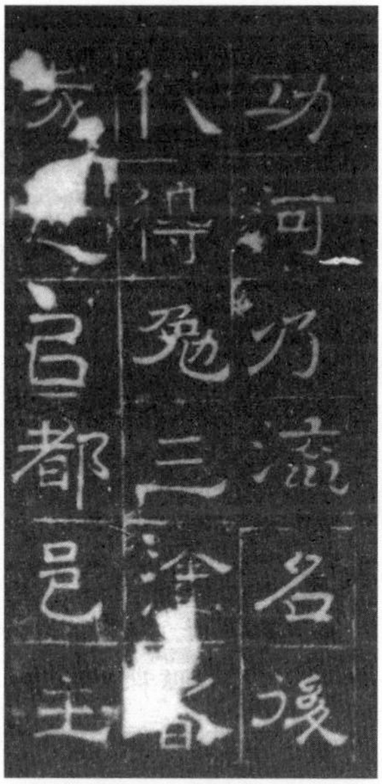

◀圖80　西魏杜照賢造象記

◀圖81　北周趙文淵書華嶽廟碑

◀圖82　北齊韓寶暉墓志

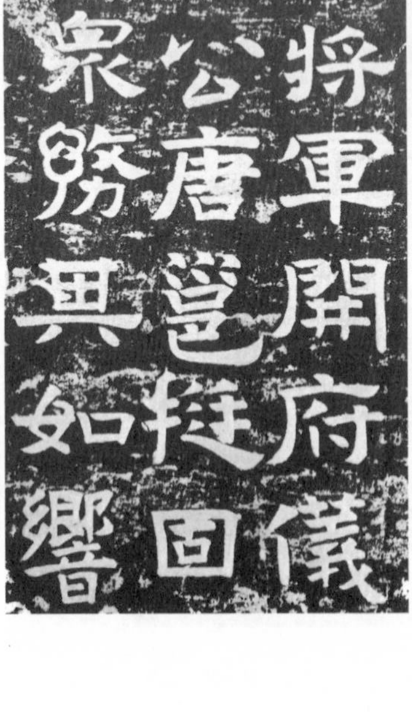

◀圖83　唐邕寫經記

◀圖84　文殊般若經碑

◀圖85　隋青州舍利塔下銘

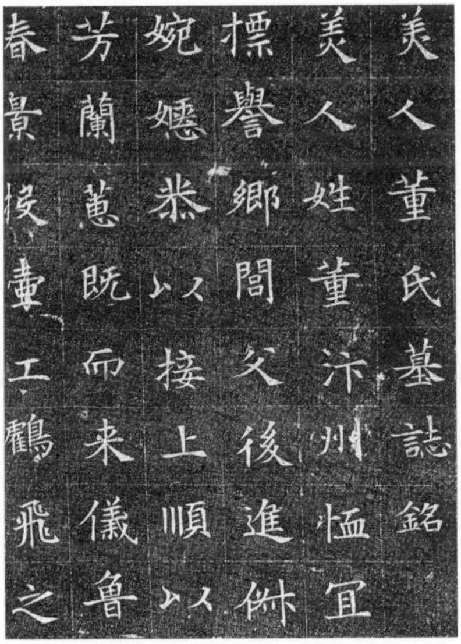

◀圖86　隋董美人墓誌

◀圖87　唐太宗書晉祠銘

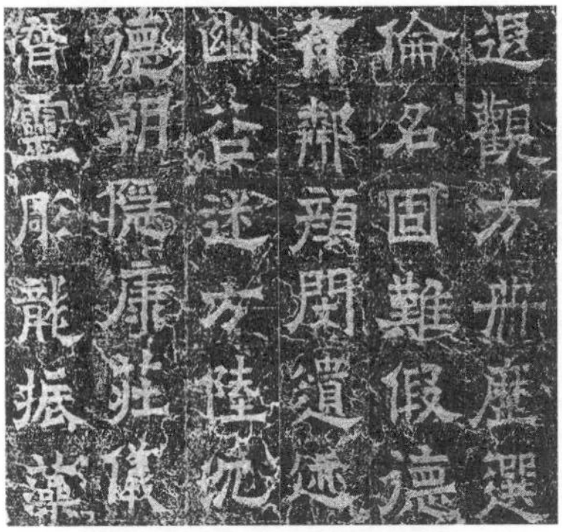

◀圖88　歐陽詢書房彥謙碑

◀圖89　歐陽詢書九成宮醴泉銘

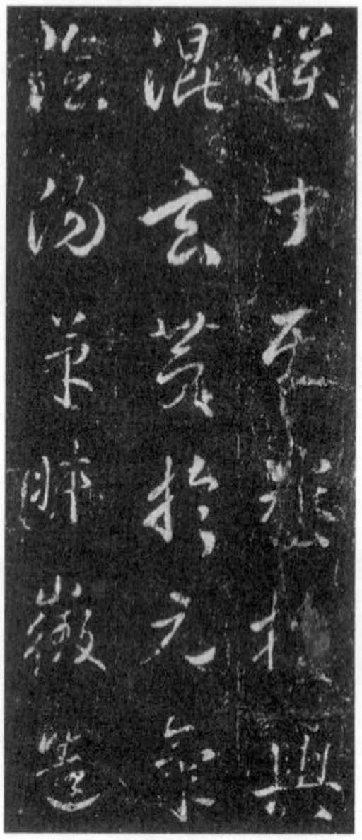

◀圖90 武則天書昇仙太子碑

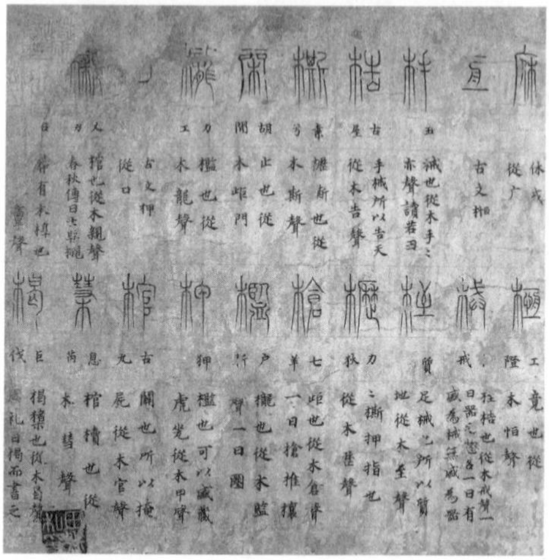

◀圖92 唐人寫說文解字木部

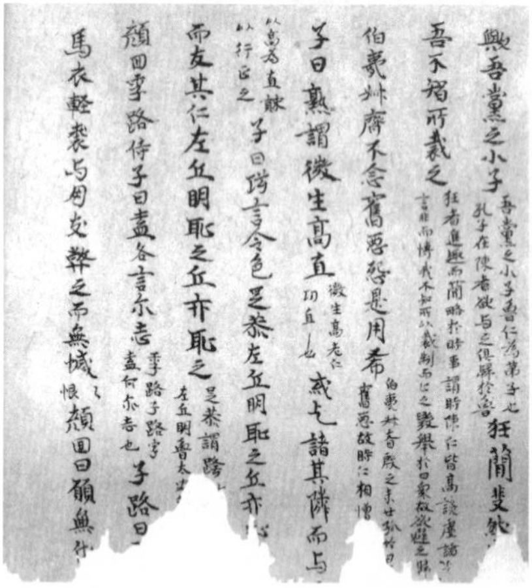

◀圖91 唐論語鄭氏注鈔本

◀圖93 清仿唐人寫說文解字木部

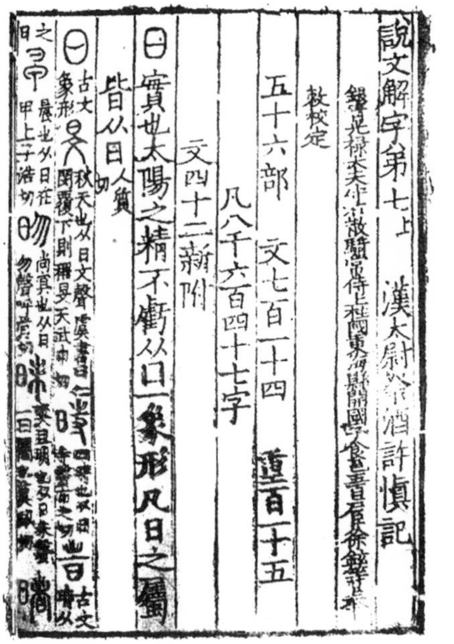

說文解字弟七上　漢太尉祭酒許愼記

銀青光祿大夫守右散騎常侍上柱國東海縣開國子食邑五百戶臣徐鉉等奉

敕校定

五十六部　文七百一十四　重百一十五

凡八千六百四十七字

文四十二新附

日 實也太陽之精不虧从口一象形凡日之屬皆从日 人質切

古文象形　旻 秋天也从日文聲虞書曰仁閔覆下則稱旻天武巾切　時 四時也从日寺聲市之切　旹 古文時从之日

早 晨也从日在甲上子浩切　昒 尚冥也从日勿聲呼骨切　昧 爽旦明也从日未聲一曰闇也莫佩切

◀圖94　宋刊十行本說文解字

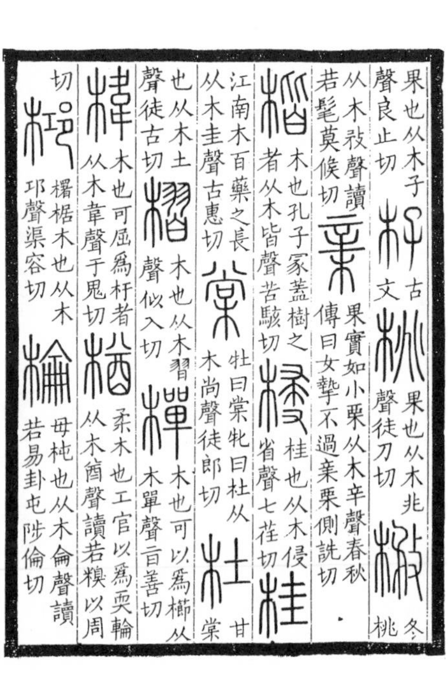

果也从木子聲良止切　杍 古文　桃 果也从木兆聲徒刀切　楙 冬桃从木敄聲讀若髦莫候切　亲 果實如小栗从木辛聲春秋傳曰女摯不過亲栗側詵切

楷 木也孔子冢蓋樹之者从木皆聲苦駭切　梫 桂也从木侵省聲七荏切　桂 江南木百藥之長从木圭聲古惠切　棠 牡曰棠牝曰杜从木尚聲徒郎切　杜 甘棠也从木土聲徒古切　槢 木也从木習聲似入切　樿 木也可以爲櫛从木單聲旨善切

椲 木也可屈爲杅者从木韋聲于鬼切　楢 柔木也工官以爲耎輪从木酋聲讀若糗以周切　桏 椐木也从木邛聲渠容切　棆 毋杶也从木侖聲讀若易卦屯陟倫切

◀圖95　清版說文解字

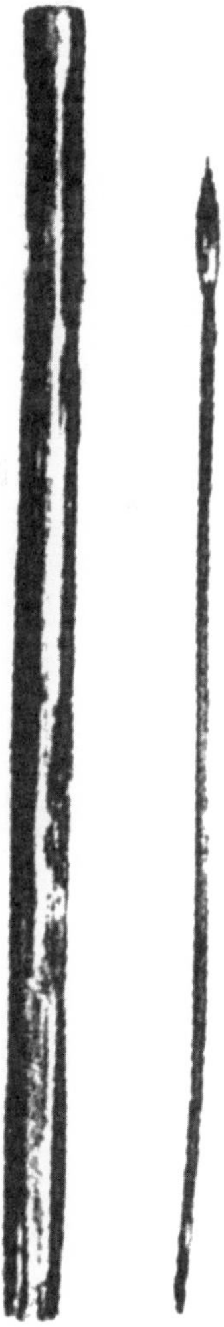

◀圖96　戰國毛筆竹筆管　長沙左家公山出土

附錄

一、《說文》約論

《說文》為中國文字之寶典，尊之太過者，有如清儒王鳴盛所云：

文字當以許氏為宗，必先究文字，後通訓詁。故《說文》為天下第一種書。讀徧天下書，不讀《說文》，猶不讀也；但能通《說文》，餘書皆未讀，不可謂非通儒也〈說文解字正義敘〉。

其言偏宕，或近於迷信；然治中國文字當以許書為宗，則其說有不可易者。蓋必真能洞見《說文》之特性，而後能確知其對於中國文字之價值。不獨舊有文字賴《說文》而後明，雖新出之古文字，亦必賴《說文》而後可通。學者昧於斯義，動輒摭拾新出土文字，輕肆譏彈，則其過弘矣。今造斯論，約舉數端，以明《說文》旨要。扶微輔弱，非所敢任；榮古媚今，兩皆無取。或以墨守譏之，亦所不辭也。

㈠論《說文》之特性

《說文》不獨集漢以前中國文字之大成，抑且囊括漢以前解釋文字相傳之舊說。然其成書之體，又與自來字書有截然不同之性質，試分別論之。

1.《說文》集漢以前文字之大成

中國字書以《史籀篇》為最早。〈漢志〉云：

又曰：

《史籀》十五篇。自注：周宣王大史作大篆十五篇。

《史籀篇》者，周時史官教學童書也，與孔氏壁中古文異體。《蒼頡》七章者，秦丞相李斯所作也；《爰歷》六章者，車府令趙高所作也；《博學》七章者，太史令胡母敬所作也。文字多取《史籀篇》，而篆體復頗異，所謂秦篆者也。是時，始造隸書矣。起於官獄多事，苟趨省易，施之於徒隸也。漢興，閭里書師合《蒼頡》、《爰歷》、《博學》三篇，斷六十字以為一章，凡五十五章，并為《蒼頡篇》；武帝時，司馬相如作《凡將篇》，無復字。元帝時，黃門令史游作《急就篇》。成帝時，將作大匠李長作《元尚篇》，皆《蒼頡》中正字也，《凡將》則頗有出矣。至元始中，徵天下通小學者以百數，各令記字於庭中，揚雄取其有用者以作《訓纂篇》，順續《蒼頡》。又易《蒼頡》中重複之字，凡八十九章。臣復續揚雄作十三章（韋昭曰：「臣，班固自謂也。」），凡一百二章，無復字，六藝群書所載略備矣。

觀志所言，可審知者數事：其一，漢興，閭里書師合《倉頡》、《爰歷》、《博學》三篇，斷六十字以為一章，凡五十五章，並為《倉頡篇》，是秦篆三篇之字數為三千三百，確然可知。其二，《倉頡》、《爰歷》、《博學》文字多取之《籀篇》，則其字數宜與《籀篇》相去不遠，特篆體書法頗異耳。其三，《史籀篇》為周時史官教學童之書，而《倉頡》三篇文字既多取之《史籀》，漢興閭里書師又合為一書分析章句，則亦用為教學童之書也。今漢以前字書雖散佚殆盡，然群書引用全句之僅存者，《倉頡篇》有「考妣延年」（《禮記・曲禮下正義》、《爾雅・釋親》郭璞注引）、「幼子承詔」（〈說文解字敘〉引）、「漢兼天下，海內並廁，豨黥韓覆，畔討滅殘」（《顏氏家訓・書證篇》引）（案：《倉頡篇》李斯所作，不應及漢事，此當在揚雄、班固所續篇內。馬國翰輯本又據《說文》「其辭有神僊之術焉」一語，以「神僊之術」為《倉頡篇》正文，疑未諦。）諸句。《凡將篇》有「淮南宋蔡舞嗙喻」（《說文》「嗙」字引）、「黃潤纖美宜制禪」（《文選・左太沖蜀都賦》劉淵林注引）諸句。史游《急就篇》以歷代書家多喜書之，故全本獨存。唐顏師古注本序曰：「司馬相如作《凡將篇》，史游景慕，擬而廣之。元成之間，列於祕府。雖復文非清靡，義闕經綸；至於包括品類，錯綜古今，詳其意趣，實有可觀。」今舉《急就》第一章如次：

急就奇觚與眾異，羅列諸物名姓氏，分別部居不雜廁。用日約少誠快意，勉力務之必有憙。請道其章，宋延年、鄭子方、衛益壽、史步昌、周千秋、趙孺卿、爰展世、高辟兵。

觀其結體摛辭，類以三字、四字、七字為韻語，與後世《千字文》、《三字經》體近。《凡將》、《急就》，文字本《倉頡篇》。顏序復謂：「司馬相如作《凡將篇》，史游景慕，擬而廣之。」則《凡將》之與《急就》，文體殆無大異。〈漢志〉言：「至元始中，徵天下通小學者以百數，各令記字於庭中，揚雄取其有用者以作《訓纂篇》，順續《倉頡》。又易《倉頡》中重複之字，凡八十九章。」按〈說文敘〉云：「孝平皇帝時，徵禮等百餘人，令說文字未央廷中，以禮為小學元士。黃門侍郎揚雄采以作《訓纂篇》，凡五千三百四十字，群書所載略存之矣。」比核〈漢志〉許敘之言，是每章仍為六十字，與《倉頡篇》同也。

〈漢志〉又云：「臣復續揚雄作十三章，凡一百二章，無復字，六藝群書所載略備矣。」揚雄以後，和帝永元中，賈魴又作《滂喜篇》。梁庾元威云：「《倉頡》五十五章為上卷，揚雄《訓纂》記《滂喜》為中卷，賈升郎更續記《彥均》為下卷，人稱為『三《倉》』。」韋昭注《漢書》曰：「班固十三章，疑在《倉頡》下篇三十四章之內。」懷瓘《書斷》云：「《倉頡》、《訓纂》八十九章，合賈廣班三十四章，凡百二十三章，文字備矣。」按八十九章五千三百四十字，又增三十四章二千零四十字，凡七千三百八十字，諸篇雖字數遞增，要之均以典籍文字為主也。《說文》全書九千三百五十三字，重文一千一百六十三，蓋《訓纂》以前及班、賈之篇未嘗不在網羅之內。班前於許，賈則同時，許即不見班、賈之書，而未央廷中百餘人所說揚雄所未采，《凡將》所出《倉頡》外，〈藝文志〉所云別字十三篇皆具焉，是皆許氏之所本也。然許雖盡網前代之教學文字，而其成書之精意，則尚有迥獨與前代字書異者。蓋自來字書之體，所收之字，皆取其施於典籍，以有用為主。而分章斷句，連綴成文，課訓學童，取供諷誦。許書則不然，其書以文字為主，非以文字附麗於他書，而以群書歸宗於文字。故九千餘文，每一字皆成為一獨立體，不問其見於群書與否也。如丨、乁、丿、乚諸文，從不見於典籍，然溯文字構造之根源，則雖終古不用之字而不可廢也。此許君之創見，自來編字書者所未有，誠《說文解字》獨創之特色也。

2.《說文》集漢以前文字說解之大成

凡文字之產生，必皆有其造字時之本義；然用於文辭，則或為本義，或為通假。「視」之作「示」，見於〈士昏禮〉今文；「祼」之作「果」，見於〈大行人〉故書。皆以聲同通假其義。此康成注經，必「就其原文字之聲類，考訓詁，捃祕逸」也。《爾雅》為書，乃六藝之鈐鍵，訓詁之統宗，然初、哉、肇、祖以次，即正假兼行：「哉」之為始，乃「才」之假借；「肇」之為始，乃「肁」之假借。蓋《爾雅》取六藝之成文，故其施用，不必與字之本義有關。許君解說文字，則一以造字時之本義為主，故必剖析字形，詳稽舊說。其博采通人，至於小大，凡為說明造字之本義也。故《說文敘》於稽譔群說，則云信而有徵；其於所不知，則聞疑載疑，盡從蓋闕。許沖上書云：「先帝詔侍中騎都尉賈逵修理舊文，臣父故南閣祭酒慎本從逵古學。」又曰：「慎博問通人，攷之於逵，作《說文解字》，六藝群書之詁皆訓其意。」據此諸文，是《說文》中之說解與引書，皆有憑據。其有疑殆，丘蓋不言，而無一字之鑿空。故許君主遵守舊文而不穿鑿，非世之不知而不問，人用己私巧說邪辭，使天下學者疑也。今疏《說文》所引諸家說解（據黃季剛師《說文略說》）如左方：

《說文》所引諸家說解

董仲舒王、蝝。孔子王、士、羊、烏、舄、黍、儿、貉、犬、狗。尹彤屮。淮南子芸、畜、蜩、魖。司馬相如芎、蘜、鞠、嗙、鴂、鵠、藻、虡、蚼、蝮、輻。杜林董、薀、𢍏、構、宋、导、怯、渭、耿、茮、娸、㚝、婁、䲶、鼃、斡、書。劉向蔞。譚長靳、獋、造、段、牖、洧、螽。賈侍中犧、匙、迹、蹢、真、榆、稽、稦、䅘、囧、㬎、厄、豫、嬃、毒、隍、亞、也、目、傳、毅。譬張林。辛揚雄𢱭、臑、胏、踖、疊、頪、聓、拜、𨙫、辯、鼂、斡。黃顥。弇王育為、禿、女、无、醫。京房。貞衛宏用、𢿫。官溥華、冀、㫐、東。莊都。典爰禮。平周盛。帀徐巡𩑞、隉。鄭司農。帢甯嚴。狛桑欽溺、㬎、汶、銛。楚莊王。武逯安。匃劉歆。蝝張徹。鉊班固。隉歐陽喬。离宋宏。玭一云首見禋下。一曰首見禋下。舊云首見脘下。或說首見皀下。復說首見獄下。或以為首見姚下。或云首見螭下。博士說。心下許氏博引群書，廣徵通人之說，凡以求說明文字之本義而已。每一文字之義皆以造字之義為歸，不以群書習用之義而淆其本義也。故「也」為女陰，「臣」為牽引，皆亙古不行之義，而許君不問也。其故者何？則以文字之形與義，有其獨立性；施用文字者，有其習慣性。許君認清文字之獨立性，不使用字之習慣性淆亂造字之獨立性，使文字成為一獨立專門之學，故其書之編製，既分別部居，而又字字獨立，自來字書皆綴句聯章以成文，未有如許書之以單字為經，以本義為準者也。故真正嚴格之字書當推《說文》為創始之作，而文字之成為一獨立專門之學，亦當自許君始也。

(二)論《說文解字》字形、字義皆有歷史之根據

《說文》一書，以小篆為質，而益以古文及奇字大篆及其異體，實萃集倉頡造書以來迄於漢世教學文字之大成。其說解則引據諸家稱名者數十家，所引六藝群書標名者亦數十種。蓋自先秦兩漢師儒解說文字之資料咸萃於斯。是許慎撰《說文》實集周秦兩漢史氏師儒所傳之文字及其說解。故一點一畫，厥意可得而說，而不敢以私意絲毫參雜於其間，《說文》屢屢言闕者，蓋此故也。是以《說文解字》之可貴，不獨在保存自古相傳古籀篆書之字形，而亦在保存自古相傳解說此字形之歷史資料。良以文字無論為象形、寓意，要不能脫離歷史根據而任意解釋。假使見一圓形之文字如「⊙」，衡以六書，自可目為象形，然圓形之物至夥，或為圓環，或為滿月，何施而不可！假使見一橫畫之文字如「一」，衡以六書，自可目為指事。然橫形之類亦夥，或為木簪，或為草薦，又何施而不可！此必在造此圓形一形之字之時，已經

無數人公認，乃能確定「日體」、「一數」之意義。荀卿有云：「名無固宜，約之以命，約定俗成謂之宜。」荀卿所謂「名」，即為文字。約定者，獲民意之公認；俗成者，有歷史之根據。故捨歷史之根據而憑主觀解釋文字，未有不陷於穿鑿附會者也。此許君解說文字，必本舊書雅記通人之說，而不敢參絲毫臆說於其間，其故在此。後人不明斯理，喜以己見說解文字，所據者雖為商周古文，然無解說資料以為歷史根據。則所得仍難逃附會穿鑿之弊。又見《說文》解說，義異常訓，輒喜攻擊許書，別標新解，其實於許君說解之微旨，芯乎未之知也。玆舉《說文》「衣」字以為例：

　依也。上曰衣，下曰裳。象覆二人之形。（《說文》）

　盂鼎

　吳尊（《說文古籀補》）

　伯晨鼎（《說文古籀補補》）

　頌鼎（《金文編》）

（《殷虛文字類編》）

《說文》此訓，極異常情。故羅振玉氏《殷虛書契考釋》非之。其言曰：

案衣無覆二人之理。段先生謂覆二人，則貴賤皆覆，其言亦紆回不可通。此蓋象襟衽左右掩覆之形，古金文正與此同。又有衣中著人者亦衣字。

前乎此攻許說者，清人已多有之。嚴可均《說文校議》曰：

衣，小徐〈疑義篇〉云：「《說文》衣，體與小篆衣異。據此，則唐本作衣，與古籀偏旁同。」孫云：「象覆二人之形不可解。二人當作二𠃋，即古『肱』字。」（規案：孫星衍《問字堂集・卷四・與段大令書》云：「『衣』象覆二人之形，人字誤，當為𠃋，古文『肱』字。」）陳氏鱣同孫說。余謂部首皆從「人」，恐非「肱」。

嚴章福《說文校議議》曰：

《校議》謂：「孫氏云當作二𠃋，陳氏鱣說與孫同。」皆非是。段氏云：「覆二人則貴賤皆覆，上下有服而覆同也。」其說亦非。按此从人，下从衣，象領袖形。衣者，二人合也，即「从」字，于六書為象形，蒙上从部說解，當言从入覆二人象衣形，則通矣。然非可無徵專輒者。

桂馥《說文義證》云：

象覆二人之形者，孫觀察星衍曰：「二人當為二𠃋，『厷』古文作𠃋。」馥案：〈喪服記〉：「衣二尺有二寸。」注云：「此謂袂中也。」言衣者明與身參齊，二尺二寸，其袖足以容中人之肱也。

王筠《說文釋例》云：

本書「裔」古文作衣，「表」古文作衣。

衣字以意為形，亦變例也。上半有領有褱，下半不似衿裾，故許君曰：「象覆二人之形。」𠆢象覆也，非人字也。一衣衹覆一人，似覆二人，故曰象也。段氏改篆為𠓛，直从二人，非也。

徐灝《說文注箋》云：

古鐘鼎文多作𠆢，與小篆同體，上為曲領，左右象袂，中象交衽，此象形文明白無可疑者，許君蓋偶未審耳。段謂「覆二人則貴賤皆覆」，穿鑿無當。

朱駿聲《說文通訓定聲》曰：

按上象首弁，中象兩袖，下象衣𠂊之形，與「亥」異意。

孔廣居《說文疑疑》曰：

衣本作𠘧，上象領褏，下象衽之層疊形。

俞樾《兒笘錄》曰：

樾謂段說是也。然一衣止覆一人，何以取象二人，殊不可曉。段云：「貴賤皆覆。」則曲說矣。今按「衣」之本義，蓋謂被也。《論語》：「必有寢衣。」孔、鄭注並云：「寢衣，今被也。」許君於「被」篆下亦引《論語》文。蓋被者衣之本義，而衣裳者其引申義。引申義行而本義轉為所欸，乃謂被為寢衣，以別於晝所箸之衣。不然，被何以得有衣名乎？《釋名・釋衣服》曰：「被，被也，所以被覆人也。」衣字之形象覆二人，正與被義合。其从二人者或象夫婦歟？「亥」篆說解曰：「一人男一人女。」是其例也。許君覆二人之說必有所受，乃但知其為衣裳字，而不知其本為衣被字，則字形是而字義非矣。

吳曾祺〈說文衣象覆二人之形說〉云：

以衣為寢衣，自以為極得覆二人之義。不知古者先有衣而始有寢衣，人見其似衣，而亦以衣名之，故被、襡字皆从衣，豈得以衣反為寢衣之引申乎？且許果說作寢衣，則上文「上曰衣」三字，先是以矛加盾矣。又引「亥」之二人為一男一女，遂疑二人乃指夫婦。夫亥主春陽發生之象，故有一男一女之義，今衣果何所取而二人必泥定夫婦為詞乎？……竊謂許所云二人者，非泥定二人也。並非泥定一衣而覆二人也。……推此而言，二人者獨言眾而已矣。論制字之本始，衣之用主於覆人而止，但衣為人人之所覆，若制字竟作覆一人，則於人人而覆之旨不著，故比而並之。許知其為人人所覆而制此篆，而說解之例，則只宜仍其字而解之，不得竟改覆二人為覆人人也。

規案：上來所舉，多攻許書之誤，惟俞氏之說，雖未瑩澈，而頗近許書之真意。蓋凡附於體者皆通名曰「衣」，故冃為頭衣（《說文》冃部），褓為負兒衣（《說文》衣部），緥為小兒衣（《說文》糸部），絝為脛衣（《說文》糸部），韤為足衣（《說文》韋部），被為寢衣（《說文》衣部），縗為服衣（《說文》糸部），市（《說文》市部），韠

《說文》韋部）均為古蔽前之衣，故《說文》曰：「衣，依也。」言凡依附於體者皆通名曰衣也。其云「上曰衣下曰裳」者，舉時俗之衣制也。其言「象覆二人之形」者，則以上古穴居野處茹毛飲血之時，其衣不過取獸皮草葉被體而已。人當嚴寒，衣之用為亟，而天候當夜尤寒，故必求被體之物以禦寒救死，此寢衣之所以為用最切，而為衣之最先者也。蓋有天地而後有男女，有男女而後有夫婦，洪荒之世，縱無夫婦之名，要必有男女之實，向晦就息，男女同宿，此不移之事實也。造字者從其朔，故象夜寢覆體之衣，此所以从覆二人之形也。至於「亥」之从二人，又別有說，俞氏牽合而談，則非其倫。蓋「亥」象懷子之形，子在腹內，雖不知其為男為女，然非男即女，非女即男，故「一人男一人女」者，猶言或為男或為女耳。大抵文字誕生，先於載籍甚久，巢居之習俗，自異於文明之世。學者以後代之眼光，觀原始之解釋，宜其格格不入，橫生疑謗，豈知違今愈遠者正愈合於古之情實耶！許君博采通人，稽撰舊義，故多累代葆信之遺說。舉此一端，足明文字之產生，實與先民生活社會歷史有不可分割之關係，其字形字義必有史實之根據，非憑臆想形似，比附點畫，遂能得文字之真相也。

(三)論治《說文》之方術

《說文》之性質既明，則當進而研究治《說文》之方術。近世治《說文》者，說多繳繞，增人迷惘。眢其致病之因，乃由未睹字例之條。蓋研治《說文》，首貴能玩索本文，通其條理，本文暢通，然後疑誤乃彰。按之許書，可得其徵。示部「禮」下釋曰「履也」，以履釋禮，義已足矣，又曰「所以事神致福」。

玉部「靈」下釋曰「靈巫」，義亦足矣，又曰「以玉事神」。蓋無兩文，則从示、从玉之義不憭，非為辭費，許書之例固若是矣。又如玉部「瑪」字以下二十餘文，或釋為石之似玉者，或釋為石之次玉者，說解所重乃在玉字；不然，則質本非玉，當入石部矣。是故《說文》每字下某也某也之文，皆為从字以下之文而設。一曰諸文亦同斯例。凡與从字有關之義，雖至罕見，在所必取；無關之義，雖至常見，在所必棄。不明斯例，妄為補苴，雖補一曰至於十數，其義猶未賅備也。上攷《說文》之書，作於東漢。大徐校定之前，代有傳人，一見引於鄭駁《五經異義》及《周禮》注，二見引於應劭《漢書》注，三見引於李善《文選》注。呂忱《字林》又繼是書而作，其見重前人，非一世也。自段君以來，好雜引他書，訂補《說文》。不悟五季以往，印刷未興，流行舊籍，胥賴傳鈔，其間容有脫誤。然除一二偽書，滋為繆盭，餘則但有改字，而無加字。各本小有乖違，其大體不甚相遠也。若依段君所改，則《說文》挩誤十有其九，恐古書斷爛，不至若是之甚。蓋他書引用《說文》，與本書不同者，厥有三因：憑記憶而誤書，一也；改《說文》以就己意，二也；以非《說文》為《說文》，三也。是其錯誤不在本書，乃在引者，信引者之誤文，疑本書之未是，此何異棄良玉而寶碔砆乎？故不據他書以改《說文》，猶不據他書引經之文以改易經典也。若以《說文》為傳鈔而誤，焉知他書不以傳鈔而誤耶？以《說文》為淺人所改，焉知他書不為淺人所改耶？治《說文》者但當遵守大徐，求其義例，必不得已，再取小徐《繫傳》證之，然亦當慎之又慎矣。外此諸書，存一家之說則可，據以改本書則不可也。(本金毓黻《說文綱領》)玩索本文，探求說解之條例，然後可卓然有所見矣。玆分數事說之。

1. 義例

《說文》每字之說解，一以本義為主，不必求合經典，亦不必隨順通俗，若以《爾雅》、《方言》斤斤求之則誤。蓋《說文》為純粹之字書，為超然獨立之字書，專為文字本身而立說者也。如：

若，擇菜也。从艸右。右，手也。一曰：杜若，香艸。

案：若訓擇菜為動詞。从艸，故若可為菜。从右者，借右為又；又，手也。以手擇艸，所以釋為擇菜。用作名詞，則為菜茹之茹之正字。（茹本為茹飼之茹。）一曰「杜若香艸」者，以杜若一解，可以明从艸之義，故叔重兼采他說並存之。至於「若」之為「如」，此乃假借，其本字即當作「如」，古音如、若同聲，故「若」可假借為「如」。「若」之為順，亦當作「如」，《說文》：「如，順從也。」「若」又用作語詞，其本字則當作「諾」。若順、若如，乃文辭常用之義，如「若稽古」、「毋若丹朱傲」，皆見於《尚書》，通行常文，至為習見，而叔重絕不一顧者，以《說文》乃嚴格之字書，苟與造字之本義無關，則屏而不錄也。

2. 字例

段注〈說文解字敘〉曰：

十四篇皆釋造字之指，其說解必用本義之字，而不用假借。有為後人所亂者，則必更正之。敘則許所自製之文，不妨用彼時通用之字，亦使學者知古今字詁不同，故知敘字不必同十四篇字也。

規案：《說文》九千餘文，皆正字；而其所用以為解釋字者，則非必盡為本字也，亦如通常行文者之正假兼用而已。段氏不達此指，常好改易許書，如：

荐　薦蓆也。段改「蓆」為「席」。

葬　藏也。从死在茻中；一，其中所以薦之。段注云：「荐，各本作『薦』，今正。荐，艸席也，（馮氏敀正曰：「段改蓆為席，此又改薦為艸，似太隨意。」）有藉義，故凡藉於下者用此字。」

畫　介也。段注：「介，各本作『畍』，此不識字義者所改，今正。」

隸　附著也。段注：「附當是本作『坿』，淺人改也。」

毆　捶毄物也。段注：「按此部自殸而下，言『擊』者八，言『毄』者二，不應錯出不倫。蓋『擊』字皆本作『毄』，淺人改之而未盡。擊，攴也。攴，小毄也，與毄字義異。」

將　帥也。段注：「帥當作『衛』。行部曰：『衛，將也。』二字互訓。《儀禮》、《周禮》古文『衛』多作『率』，今文多作『帥』，《毛詩》『率時農夫』，《韓詩》作『帥』，說詳《周禮漢讀攷》。帥者佩巾，漢人假為『率』字；『率』亦『衛』之假借也。」

明　左右視也。段注：「ナ又各本作左右，非也。」

規案：如段氏之說，則《說文》說解十三萬三千四百四十一字將改不勝改矣。此段氏不明許書說解之辭本與常文無異之故也。且有說解本為假借字，而段氏據其本義立說，轉滋誤解者。如「古，故也。」許假故為古舊之義以釋古，而段氏乃謂：「故者，凡事之所以然，而所以然皆備於古，故曰古故也。」則未免曲解其義矣。

3. 句讀例

《說文》注文往往連篆文讀之，段注亦時致誤。如：

詁　訓故言也。段注：「故言者，舊言也，十口所識前言也。訓者，說教也。訓故言者，說釋故言以教人，是之謂詁。分之則如《爾雅》析故訓言為三，三而實一也。」

離　離黃，倉庚也。段注：「各本無『離』，淺人誤刪，如巂周刪巂之比。」

巂　周，燕也。段注：「各本周上無『巂』，此淺人不得其句讀，刪複舉之字也。」

蔓　蔓茅，葍也。段注：「各本無『蔓』字，此淺人不知其不可刪而刪之，如巂周燕也，今本刪巂字，其誤正同，今補。」

規案：段說未諦。錢大昕《養新錄・四・說文連上篆字為句》條云：

許氏《說文》，唐以前本不存。今所見者，唯二徐本，而大徐本宋槧猶存，凡五百四十部。部首一字解義，即承正文之下，但以篆隸別之，蓋古本如此，大徐存以見例。其實九千餘文，皆同此式也。小徐本並部首解義亦改為分注，益非其舊，或後人轉寫，以意更易故耳。許君因文解義，或當疊正文者，即承上篆文連讀，如「昧爽，旦明也」，「肸蠁，布也」，「湫隘，下也」，「脙嘉，美肉也」，「逡遂，候表也」，「詁訓，故言也」，「䫉癡，不聰明也」，「參商，星也」，「離黃，倉庚也」，「巂周，燕也」，皆承篆文為句。諸山水名云，山在某郡，水出某郡者，皆當連上篆讀。艸部藪、蘦、茵、蕛諸字，但云艸也，亦承上為句，謂藪即藪艸，蘦即蘦艸耳，非艸之通稱也。芺、葵、葙、蒙、薇、蓶諸字，但云菜也，亦承上讀，謂芺即芺菜，葵即葵菜也。今本《說文》莧字下云：「莧菜也。」此校書者所添，非許意也。古人著書，簡而有法，好學深思之士當尋其義例所在，不可輕下雌黃。以亭林之博物，乃譏許氏訓參為商星，以為昧於天象，豈其然乎？人部佺下云：「偓佺，仙人也。」偓字下云：「佺也。」亦承上讀。宋刊本不疊「偓」字，汲古閣初印猶仍其舊，而毛季斧輒增入「偓」字，雖於義未乖，而古書之真面目失矣。人部儷字下云：「儷，左右兩視。」此亦承上篆文，「儷儷」猶「瞿瞿」也。又叀部叀下云：「專，小謹也。」專當為「叀」，亦承上篆文而疊其字，「叀叀，小謹也。」亦作「嫥嫥」，見女部，淺人改作「專」，而語不可通矣。《廣韻》東部涷下引《說文》，水出發鳩山，入於河。魚部瀘字下引《說文》，水出北地直路西，東入洛。是陸法言諸人已不審許氏讀法矣。

錢氏所論，諦當遠勝段君。故吾人讀《說文》，不貴輕肆攻擊，或任意更張，要當細心玩索辭例，涵泳本文，以求得文字之真意，然後求通文字音義之貫通，乃為貴耳。

㈣論治《說文》當求文字音義之貫通

文字由簡而趨繁，訓詁聲音亦然。形、聲、義三者皆由簡趨繁，此定理也。是故繁由簡出，則簡可馭繁。蓋天下之事物不外相同、相異、相近，訓詁、聲音、文字莫不如此。莊子云：「大同而與小同異，此之謂小同異；萬物畢同畢異，此之謂大同異。」畢同畢異，是相同相異，而小同異則相近也。蓋思想有條理，故訓詁亦有條理也。聲音不越喉舌齒唇，故聲音有系統，斯訓詁亦有系統也。聲音雖至繁衍，而根源有限，故聲音之條理可求；訓詁雖至繁衍，而根源有限，故訓詁之條理可求；文字雖至繁衍，而根源有限，故文字之條理可求。是故形、聲、義三者定然合一。苟明斯義，以治《說文》，求聲音、文字、意義之條理，而得其貫通。以聲音而貫通文字、訓詁，遍及《說文》全書，斯可謂通《說文》之學，而得中國文字之大本矣。茲舉一例以明之。如《說文》：

酉　就也。八月，黍成，可為酎酒，象古文酉之形。丣　古文酉。从卯。卯為春門，萬物已出。酉為秋門，萬物已入。一，閉門象也。（與久切，古音影母蕭韻）

重規案：形聲字當與所从得聲之字音讀相符，此定理也。酉丣，與久切，讀喉音。又畱、聊、珋皆舌音，而以丣得聲；醜，昌久切，穿母字，亦讀舌聲，而从鬼，酉聲，故知丣酉亦可讀舌音。又酒云：「就也，所以就人性之善惡。从水，从酉，酉亦聲。」酒从酉得聲而讀齒音，故知酉又有齒音。貿讀脣音，小徐本从貝，丣聲，《淮南子．天文訓》云：「酉者，飽也。」然則酉又有脣音。（飽、貿皆脣音字，古皆在蕭韻。）綜酉丣一文，云「就」與「成」，則為動詞，其意一。云可為酎酒，則為名詞，其意二。云酉為秋門，則為秋時，其意三。云閉門象也，則有閉義，其意四。故酉丣之意，可括為四系：一曰酎酒，二曰成就，三曰秋時，四曰閉入。酉丣之聲，亦可括為四系：一為酉，喉音；二為醜，舌音；三為酒，齒音；四為貿，脣音。今就其聲義之系統以貫串之（所舉僅限於蕭韻）：

(1)酒義同類字有：

酒　就也。所以就人性之善惡。从水，从酉，酉亦聲。（子酉切　古音精母蕭韻）

酋　繹酒也。从酉，水半見於上。《禮》有「大酋」，掌酒官也。（字秋切　古音從母蕭韻）

糟　酒滓也。从米，曹聲。（作曹切　古音精母蕭韻）

莤　禮祭，束茅，加于裸圭而灌鬯酒，是為莤。象神歆之也。从酉，从艸。（所六切　古音心母蕭韻）

罬　釃酒也。从网，从水，焦聲。（子小切　古音精母蕭韻）

以上齒音

酎　三重醇酒也。从酉，从時省。（除柳切　舌音定母蕭韻）

醪　汁滓酒也。从酉，翏聲。（魯刀切　古音來母蕭韻）

以上舌音

(2)成就義同類字有：

老　考也。七十曰老，从人毛匕，言須髮變白也。（盧皓切　古音來母蕭韻）

以上舌音

就　就高也。从京，从尤，尤異于凡也。（案：古京師皆依山為之，故曰絕高謂之京。「就」本為增高之意，引伸為成就之意。詳章太炎先生〈神權時代天子居山說〉。）（疾僦切　古音從母蕭韻）

以上齒音

(3)與閉門義同者，有：

牢　閑。養牛馬圈也。从牛，冬省。取其四周帀也。（魯刀切　古音來母蕭韻）

以上舌音

囚　繫也。从人在口中。（似由切　古音心母蕭韻）

以上齒音

(4)秋同類字有：

穮　禾穀孰也。从禾，𤍽省聲。（七由切　古音清母蕭韻）

糕　早取穀也。从米，焦聲。（側角切　古音精母蕭韻）

以上齒音

故自一酉（𢀖）字而言，有四音四義，就一酉（𢀖）字以為根，以四音四義為說，局限於同義同音，其相關涉者已有如此之多；若就其音義引伸以求，如由考老而為言，則枯槁（音考）之槁，猶考老之考也。死（重文作朽）腐之死，亦其比也。考老又變為勞苦之勞，（勞，勮也。从力，熒省。熒，火燒冖也。用力者勞。）勞之語言從老來，猶槁之語言由考來，故慰人之勞苦曰勞槁（後起字作犒）。齒音有勦勞也，今俗言操勞，操正應作勦。勦之言猶叟也。脣音則有勖勉也，（从力，冒聲。从聲母當為脣音，今在曉母，古蕭韻字。）勖之言猶蓋也。如此逐字以求，絲聯繩引，遍及全部文字，雖至賾而不可亂。良由中國民族語言文字之系統最為純潔簡單，故能文理密察如此。顧瞻華夏，此其至可葆重者已。蓋中國文字之一點一畫，一音一義，胥與先民之心理生活歷史息息相關，而許書則為保存此歷古相傳文字音義之結集，在在皆與先民之心理生活歷史纏綿連結而不可解，此其所以不可輕於動搖，抑亦不能輕於動搖者也。是故研治《說文》，首貴確認其不可動搖之價值，然後熟讀精思，求其條理，觸類引伸，以求音義貫通之大原，植中國文字之大本，斯可謂立乎其大者也。至於鈔刻流傳，自難免小有訛誤；編輯未周，亦難免或有脫漏。即《說文》本書偏旁有而正篆無者，亦頗不少。其見於古籀偏旁者，據王筠《說文釋例》所載，有[篆]、

□、□、□、□、□、□、□三十四字；據鄭珍《說文逸字》所載，有□字；據張行孚《說文逸字識誤》，復有□、□、□、□、□、□、□、□、□、□、□、□十二字。其見於解說中者，據《說文釋例》、《說文逸字》、《說文校議》所載，有□、□、□、□、□、□、□、□、□、□、□、□、□、□、□、□、□等十七字。其見於篆文偏旁者，據《說文釋例》、《說文逸字》所載，有□、□、□、□、□、□、□、□、□、□、□、□、□、□、□、□、□、□等十八字，而徐氏、段氏《說文》注所載，復有□、□、□、□四字。正文從此得聲者甚多，其為漏落無疑。又如春、夏、秋、冬四時乃至習用之字，《說文》春、秋、冬皆為正字，而夏之本義乃中國人，獨無夏時正字。近世發現之正始石經，夏皆作□，蓋即夏時正字。章太炎先生〈新出三體石經考〉曰：

□，從日，疋聲。按《說文》，夏本訓中國人，此從日、疋聲者，乃四時之正字，而《說文》未錄。然《春秋經》紀時誠當作□，《尚書》夏殷字亦作□，則古字通借。孫氏疑古文夏作□，變體作□，非也。□從A目足，自指中國人，莊子所謂有目有趾者也。□從日、疋聲，自指暑時。

是《說文》之書，或以采輯未周，或以見聞有限，致有脫漏，自所難免，然於大體固無害也。此猶良史撰寫國聞，亦安能一無罅漏！若索其一毛，毀其全體，豈惟鉅失，抑亦大愚！昔通儒顧氏譏彈《說文》，孫淵如〈與段若膺書〉駁顧以申許，其言曰：

《日知錄》指駁《說文》，如駁《說文》「郭」字云：「齊之郭氏虛。善善不能進，惡惡不能退，是以亡國。」此出《新序》，蓋「郭」字國名，因述其國之事，用劉向說也。又駁《說文》「弔」字云：「人持弓會毆禽。」此出《吳越春秋》陳音之言，皆非許叔重臆說，顧氏未能遠考。又「叟」字為「束縛捽抴」，則即《漢書》「瘐死獄中」本字，無足異者。至詆《說文》參為商星，為不合天文；亳為京兆杜陵亭，為不合地理，則顧氏尤疏陋。據《說文》參商為句，以注字連字讀之；下云星也，蓋言參商俱星名。《說文》此例甚多，如「偓佺，仙人也」之類，得讀偓斷句，而以佺仙人解之乎？若亳為京兆杜陵亭，出〈秦本紀〉「寧公二年，遣兵伐蕩社。三年，與亳戰。」皇甫謐云：「亳，王號，湯西夷之國。」《括地志》：「按其國在三原始平之界。」《說文》指謂此亳，非《尚書》亳殷之亳，彼亳古作「薄」字，在偃師。惟杜陵之亳以亭名，而字从高省，此則許叔重《說文》字必用本義之苦心，顧氏知亳殷之亳，不省亳王之亳，可謂不善讀書，以不狂為狂矣。

由今觀之，平情衡度，大抵孫是而顧非。夫以顧氏淹博大儒，立言矜慎，猶不免於謬誤，則《說文》之不可輕於發難明矣。然顧氏雖譏彈《說文》，亦謂「自隸書以來，其能發明六書之指，使三代之文尚存於今日，而得以識古人制作之本者，許叔重《說文》之功為大。今之學者能取其大而棄其小，擇其是而違其非，乃可謂善學《說文》者歟？」則顧氏抨擊之言，猶是「疑疑亦信」之意也。近世以來，地不愛寶，古文字器物，絡繹出土，治文字之學者，固宜珍視新材料之發現，蘄以補苴罅漏，張皇幽眇。若妄破《說文》，撥其本實，則堂構未成，基礎先毀，是誠治中國文字學術者所宜於此慎思明辨者也。

二、《說文》借體說

《說文》自借義、借聲之例外，復有借體之例，蓋借他字之體以象事物之形，故謂之借體也。自南唐徐氏詮釋斯義，明而未融，清代通人尠達此恉，有若段君精孯許書，亦以未憭斯義，臆說滋多，觀其注借體之字，往往穿鑿形義，如「矢」字「从入」，實借體象形，而釋云：「从入者，矢欲其中。」「舍」字「从亼屮」，純為象形，而注曰：「从亼者，謂賓客所集。」其字義無可附會者，遂至輒更正文，如「本」、「末」从「一」，皆借體以指事，而疑「一在木上」、「一在木下」為非，輒改為「木下曰本」、「木上曰末」；又「身」字本云：「象人之身。从人。」蓋謂借「人」字成身之象，乃云「此語先後失倫」，遂改為「从人，申省聲」；又「𡿺」字本云：「巛象髮，髻即巛也。」是許君釋「巛」為借體象形之意甚明，乃云「當作巛即髻也，與云即易突字也例同」，斯亦通人之蔽矣。

原借體之例，蓋古人制字之時或取他字之體以象事物之形，據形雖曰成文，責實僅同符號，故同一「一」也，或借以象天，或借以貌地，處「皿」中則象血，居「夫」上則象簪，在「茻」中肖薦之形，於「甘」內含道之味，「末」字則識其所，「亏」字則平其氣；同一「入」也，於「矢」則曰鏑形，於「舍」則云屋狀；同一「丶」也，在「丹」則象丹，在「丼」則象罋；同一「口」也，或象腓腸而成「足」，或象圈牢而成「圂」，或礧砢以肖「石」，或方平以肖「倉」；至若「匕」居「鳥」下而似足，處「先」上而如簪；「舟」之為字，有時象履；皃之肖面，或取乎「白」。是則所借之體因物寓形，與其本字之音義了不相涉，妄事比附，庸有當乎！

今攷九千文中，含借體之字多至百有餘名，列舉如次：

王（丨其貫也。）

中（丨上下通。）

屮（象丨出形。）

十（一為東西，丨為南北。）

芈（象聲气上出。）

京（丨象高形。）

巾（丨象系也。）

案：以上諸字均借「丨」。

茻（一，其中所以薦之。）

刅（从刃，从一。）（案：「一」象刃所傷。）

甘（一，道也。）

丂（丂上礙於一也。）

亏（一者，其气平之也。）

血（一象血形。）

亼（从入一，象三合之形。）

本（一在其下。）

末（一在其上。）

才（一，地也。）

之（一者，地也。）

乇（上貫一。）

日（从口一，象形。）

旦（一，地也。）

毌（从一横貫。）

韭（一，地也。）

丘（一，地也。）

夫（一，以象簪也。）

立（从大立一之上。）

不（从一，一猶天也。）

至（从一，一猶地也。）

戈（一横之，象形也。）

或（一，地也。）

雨（一象天，冂象雲。）

乍（小徐从一，一有所碍也。）

丂（上有一覆之。）

勹（象形，中有實。）（案：謂「一」。）

且（一其下地也。）

案：以上諸字皆借「一」。

丹（、象丹形。）

井（、罋之象也。）

案：以上二字借「、」。

尹（丿，握事者也。）案：此字借「丿」。

尺（从乙，乙所識也。）案：此字借「乙」。

夂（象人兩脛有所躧也。）

夊（象人兩脛後有致之者。）

久（象人兩脛後有距也。）

案：以上三字借「乀」。

尒（八象气之分散皃。）

亂（从八，象其長也；从幺，象其重累也。）

兮（八象气越于也。）

朩（从屮八，象枲之皮莖也。）

案：以上四字借「八」。

玄（象幽而入覆之也。）

矢（从入，象鏑栝羽之形。）

舍（从亼屮，象屋也；口象築也。）

㐺（㐺相出入。）

案：以上四字借「入」。

冃（二，其飾也。）

土（二象地之上地之中；丨，物出形也。）

案：以上二字借「二」。

田（象四口。十，阡陌之制也。）案：此字借「十」。

畺（三，其界畫也。）案：此字借「三」。

虎（虎足象人足，象形。）

身（象人之身。从人。）

案：以上二字借「人」。

勹（象人曲形有所包裹。）

后（象人之形。施令以告四方，故厂之。）

案：以上二字借「變體人」。

鳥（鳥之足似匕，从匕。）

兂（匕象簪形。）

案：以上二字借「匕」。

鹿（鳥鹿足相似，从匕。）

能（足似鹿。）

案：以上二字借「比」。

足（从止口。）（案：「口」象腓腸之形。）

豆（从口。象形。）

畐（从冂，象宮垣道上之形。）

圂（从口，象豕在口中也。）

倉（口象倉形。）

石（口，象形。）

案：以上諸字皆借「口」。

爨（冂為竈口。）案：此字借「冂」。

壺（从大，象其蓋也。）案：此字借「大」。

壼（从壺不得泄。）案：此字借「壺」。

箕（下其丌也。）

奠（下其丌也。）

案：以上二字借「丌」。

屚（尸者，屋也。）

屋（尸象屋形。）

案：以上二字借「尸」。

業（从巾，巾象版。）案：此字借「巾」。

叏（丰象決形。）案：此字借「丰」。

閉（才所以距門也。）案：此字借「才」。

魚（魚尾與燕尾相似。）

燕（枝尾象形。）

案：以上二字借「火」。

番（田象其掌。）案：此字借「田」。

爲（爪象形也。）案：此字借「爪」。

青（之，其飾也。）案：此字借「之」。

皃（白象人面形。）案：此字借「白」。

㲋（囪象㲋形。）案：此字借「囪」。

登（豆象登車形。）案：此字借「豆」。

秃（上象禾黍之形。）案：此字借「禾」。

包（巳在中，象子未成形也。）案：此字借「巳」。

鬼（象鬼頭，案謂「由」。）案：此字借「由」。

孚（从巛，象髮也。）

𡿺（籀文「子」有髮。）

首（巛象髮也。）

案：以上三字借「巛」。

雲（云象雲回轉形。）案：此字借「云」。

兆（兆象形。）案：此字借「兆」。

蜀（上目象蜀頭形。）案：此字借「目」。

亘（回，古文回。象亘回形，上下所求物。）案：此字借「回」。

亯（曰象進熟物形。）案：此字借「曰」。

㐭（回象屋形，中有戶牖。）

𩫖（从回，象城郭之重。）

案：以上二字借「回」。

履（舟象履形。）案：此字借「舟」。

磬（殸象懸虡之形。）案：此字借「殸」。

鼓（支象其手擊之也。）案：此字借「支」。

升（从斗，亦象形。）案：此字借「斗」。

糞（似米而非米者，「矢」字。）案：此字借「米」。

厗（从厂，象張布。）案：此字借「厂」。

鐙（豆象器形。）案：此字借「豆」。

夒（巳、止、夊，其手足。）案：此字借「巳」、「止」、「夊」。

霝（㗊象霝形。）案：此字借「品」。

靁（畾象回轉形。）案：此字借「畾」。

星（象形，从口，古口復注中，故與日同。）案：此字借「晶」。

牢（冬省，取其四周帀也。）案：此字借「冬省」。

欠（象气从人上出之形。）案：此字借「反气」。

豚（从彖省，象形。）案：此字借「彖省」。

角（角與刀魚相似。）案：此字借「刀魚省」。

兔（兔頭與龟頭同。）案：此字借「龟省」。

莧（从兔足。）案：此字借「兔省」。

龜（从它，龜頭與它頭同。）案：此字借「它」。

禽（禽、离、兕頭相似。）案：此字借「离省」。

幵（象二干對構上平也。）案：此字借「二干」。

門（从二戶，象形。）案：此字借「二戶」。

禾（从𥝌省，𥝌象其穗。）案：此字借「𥝌省」。

黹（小徐，丵省，象刺文也。）案：此字借「丵省」。

㣇（易省，象形。）案：此字借「易省」。

綜上觀之，知許書言借體多云从某象某之形，或但云象某之形，或僅釋其用，如「才所以距門也」；或直言其事，如「一為東西、丨為南北」；或云某與某同，如「兔頭與㲋頭同」；或云某似某，如「鳥之足似匕」；或略而不釋，如「乇」云，「上貫一」不言一為地者，以其易知也。今紬繹借體之例，可分為五：一曰「借單體例」，如中屮等之借「丨」，丹井等之借「丶」是也；二曰「借多體例」，如十之借「一」及「丨」，雨之借「冂」及「冂」，亂之借「八」及「幺」，舍之借「亼」、「屮」及「口」是也；三曰「借複體例」，如靁之借「畾」，星之借「晶」，霝之借「畾」，門借「二戶」，幵借「二干」是也；四曰「借省體例」，如牢借「冬省」，禾借「𥝌省」，黹借「丵省」，㣇借「易省」，豚借「彖省」是也；（案：《說文》自有借省體之例，段君不憭，乃於禾字注云：「各本作『从木，从𥝌省，𥝌象其穗』，九字，增四字，不通。」遂改為「从木象其穗」，又於㣇字注云：「各本作『易省行象』，誤。」於豚字注云：「各本作『从彖省象形』五字，非也。」遂改為「从古文豕」，皆失其義矣。）五曰「借變體例」，如欠从「反气」，后从「人厂之」，勹象「人曲形」是也。舉斯五例，用有二途，以貌物狀，則屬於象形，取肖事情，則同乎指事，蓋其實既等符號，故其用亦不能出此兩端矣。借體之說明，則假借之義囊括形義聲音而靡遺，所以通疐礙，解拘攣者，庶幾不悖於古人之意乎。

三、《史籀篇》非周宣王時太史籀所作辨

海寧王國維先生撰《史籀篇疏證》，其〈敘錄〉謂《史籀》一書，殆出宗周文勝之後，春秋戰國之間，秦人作之以教學童之書，史籀既非人名，且亦非宣王時史官，於是斷言《史篇》之文字，秦之文字，即周秦間西土之文字；而《說文》所出古文，即孔子壁中書，乃周秦間東土之文字。自此說出，一反舊有古文籀文、篆文相傳之系統。近世治文字學者，受其影響，往往歎為劃時代之發現。予嘗反覆研求，知其說遠違事實，而大亂吾國文字承傳之真象，是不得不辨。茲謹先揭舉《史籀篇疏證・敘錄》原文於次：

一、史籀為人名之疑問也。自〈班志〉著錄，以史籀為周宣大史，（原注：殆本之劉向父子。）許書以之，二千年來世無異論。顧獨有疑者，《說文》云：「籀，讀也。」又云：「讀，籀書也。」（原注：《毛詩・鄘風》傳云：「讀，抽也。」）古籀、讀二字，同聲同義。又古者讀書皆史事。《周禮・春官・大史職》：「大祭祀，戒及宿之日，與群執事讀禮書而協事；大喪，遣之日，讀誄。」〈小史職〉：「大祭祀，讀禮灋，史以書敘昭穆之俎簋。卿大夫之喪，賜謚，讀誄。」〈內史職〉：「凡命諸侯及孤卿大夫，則策命之。（原注：謂讀策書。）凡四方之事、書，內史讀之。」〈聘禮〉：「夕幣，史讀書展幣。」〈士喪禮〉：「主人之史讀賵，公史讀遣。」是古之書皆史讀之。《逸周書・世俘解》：「乃俾史佚繇書于天號。」〈嘗麥解〉：「作筴許諾，乃北向繇書于兩楹之間。（原注：作筴，內史之異名，余有〈書作冊考〉。）「繇」即「籀」字。《左傳》之「卜繇」，《說文解字》引作「卜籀」，知《左

氏》古文「繇」本作「籀」。《逸周書》之「繇書」，亦當作「籀書」矣。籀書為史之專職，昔人作字書者，其首句蓋云：「大史籀書」，以目下文，後人因取句中史籀二字以名其篇。（原注：古字書皆以首二字名篇，存者有《急就篇》可證，推之《倉頡篇》，首句當云「倉頡作書」。《爰歷》、《博學》諸篇，當無不然。觀《詩》《書》及周、秦諸子，大抵以首二字名篇。此古代名書之通例也。）大史籀書猶言大史讀書。漢人不審，乃以史籀為著此書者之人，其官為大史，其生當宣王之世。是亦不足怪。李斯作《倉頡篇》，其時去漢甚近，學士大夫猶能言之。然俗儒猶以為古帝之所作，無惑乎以《史籀篇》為史籀所作矣。不知「大史籀書」，乃周世之成語；以首句名篇，又古書之通例。而猥云有大史名籀者作此書，此可疑者一也。

二、《史籀篇》時代之疑問也。史籀之為人名既可疑，則其時代亦愈可疑。《史篇》文字，其就見於許書者觀之，固有與殷、周間古文同者。然其作法大抵左右均一，稍涉繁複。象形、象事之意少，而規旋矩折之意多。推其體勢，實上承石鼓文，下啟秦刻石，與篆文極近。至其文字出於《說文》者僅二百二十餘，然班固謂《倉頡》、《爰歷》、《博學》三篇文字，多取諸《史籀篇》。許慎亦謂其皆取《史籀》大篆，或頗省改。或之者，疑之；頗之者，少之也。《史籀》十五篇，文成數千，而《說文》僅出二百二十餘字，其不出者必與篆文同者也。考戰國時秦之文字，如傳世秦大良造鞅銅量，乃孝公十六年作，其文字全同篆文。詛楚文摹刻本文字，亦多同篆文。而𣪘、㚒、鼎、𢀖四字，則同籀文。篆文固取諸籀文，則李斯以前秦之文字，謂之用篆文可也，謂之用籀文亦可也。則《史篇》之文字，秦之文字，即周、秦間西土之文字也。至許書所出古文，即孔子壁中書，其體與籀文、篆文頗不相近；六國遺器亦然。壁中書者，周、秦間東土之文字也。《史籀》一書殆出宗周文勝之後，春秋戰國之間，秦人作之，以教學童，而不傳於東方諸國。故齊、魯間文字作法體勢與之殊異。諸儒著書口說亦未有及之者。惟秦人作字書，乃獨取其文字，用其體例。是《史篇》獨行於秦之一證。若謂其字頗同殷、周古文，當為古書，則篆文之同於殷、周古文者，亦甚多矣。且秦處宗周故地，其文字自當多仍周舊，未可因此遽定為宗周時之書，此可疑者二也。

以上王氏提出史籀人名時代之問題，尚略存懷疑之態度。其後撰〈戰國時秦用籀文六國用古文說〉（《觀堂集林》卷七），則由懷疑之態度，一轉為堅決之主張。其言曰：

余前作〈史籀篇疏證序〉，疑戰國時秦用籀文六國用古文，並以秦時古器遺文證之，後反覆漢人書，益知此說之不可易也。班孟堅言《倉頡》、《爰歷》、《博學》三篇文字多取諸《史籀篇》，而字體復頗異，所謂秦篆者也。許叔重言秦始皇帝初兼天下，丞相李斯乃奏同文字，罷其不與秦文合者，斯作《倉頡篇》，中車府令趙高作《爰歷篇》，太史令胡母敬作《博學篇》，皆取《史籀》大篆，或頗省改，所謂小篆也。是秦之小篆，本出大篆。而《倉頡》三篇未出，大篆未省改以前，所謂秦文，即籀文也。司馬子長曰：「秦撥去古文。」揚子雲曰：「秦剗滅古文。」許叔重曰：「古文由秦絕。」案秦滅古文，史無明文。有之，惟有一文字與焚《詩》《書》二事。六藝之書，行於齊、魯，爰及趙、魏，而罕流布於秦，（原注：猶《史籀篇》之不行於東方諸國。）其書皆以東方文字書之。漢人以其用以書六藝，謂之古文；而秦人所罷之文，與所焚之書，皆此種文字。是六國文字，即古文也。觀秦書八體中，有大篆，無古文，而孔子壁中書與《春秋左氏傳》，凡東方之書，用古文不用大篆，是可識矣。故古文、籀文者，乃戰國時東西二土文字之異名，其源皆出於殷、周古文。而秦居宗周故地，其文字猶有豐鎬之遺，故籀文與自籀文出之篆文，其去殷周古文，反較東方文字（原注：即漢世所謂古文。）為近。自秦滅六國，席百戰之威，行嚴峻之法，以同一文字。凡六國文字之存於古籍者，已焚燒剗滅；而民間日用文字，又非秦文不得行用。觀傳世秦權量等，始皇廿六年詔後，多刻二世元年詔，雖亡國一二年中，而秦法之行如此，則當日同文字之效可知矣。故自秦滅六國，以至楚、漢之際，十餘年間，六國文字，遂遏而不行。漢人以六藝之書，皆用此種文字。又其文字為當日所已廢，故謂之古文。此語承用既久，遂若六國之古文，即殷、周古文，而籀、篆皆在其後，如許叔重〈說文敘〉所云者，蓋循名而失其實矣。

上來所說，其持論之堅，引據之博，似可正二千年來之謬誤，重定自古承傳之文字系統。學者聞所未聞，亦信足一新天下之耳目矣。然予反覆思辨，終覺王氏所說，多有未安，其滑亂文字之真者，尤非淺尠，用是貢其所見，以求事理至當之歸。茲特於申述異議之前，先列舉《史籀篇》見於載籍之資料如後：

《漢書・藝文志》：「《史籀》十五篇。」自注：「周宣王大史，作大篆十五篇。建武時，亾六篇矣。」

又：「《史籀篇》者，周時史官教學童書也。與孔子壁中古文異體。《倉頡》七章，秦丞相李斯所作也。《爰歷》六章者，車府令趙高所作也。《博學》七章者，太史令胡母敬所作也。文字多取諸

《史籀篇》，而篆體復頗異，所謂秦篆者也。」

〈說文解字敘〉：「宣王大史籀，著大篆十五篇，與古文或異。」

又：「秦始皇帝初兼天下，丞相李斯乃奏同之，罷其不與秦文合者。斯作《倉頡篇》，中車府令趙高作《爰歷篇》，大史令胡母敬作《博學篇》，皆取史籀大篆，或頗省改，所謂小篆者也。」

又：「自爾秦書有八體：一曰大篆。」

段玉裁《說文注》曰：「大史，官名。籀，人名也。省言之曰史籀。其姓不詳，記傳中凡史官多言史某，而應劭、張懷瓘、顏師古及封演《聞見記》、郭忠恕《汗簡》引《說文》皆作大史史籀，或疑大史而史姓，恐未足據。大篆十五篇，亦曰《史籀篇》，亦曰《史篇》。〈王莽傳〉：『徵天下《史篇》文字。』孟康云：『史籀所作十五篇古文書也。』此古文二字當易為大篆。大篆與《倉頡》古文或異，見於許書十四篇中者備矣。凡云籀文作某者是也。或之云者，不必盡異也。蓋多不改古文者矣。籀文字數不可知，尉律諷籀書九千字乃得為史，此籀字訓讀書，與宣王大史籀非可牽合，或因之謂籀文有九千字，誤矣。大篆之名，上別之古文，下別乎小篆而為言。曰《史篇》者，以官名之；曰《籀篇》、籀文者，以人名之。」

衛恆《四體書勢》：「昔周宣王時，史籀始著大篆十五篇，或與古同，或與古異，世謂之《籀書》者也。」

《魏書．江式傳》：「及宣王太史史籀，著大篆十五篇，與古文或同或異，時人即謂之《籀書》。」

顏師古〈急就篇注敘〉：「昔在周宣，粤有史籀，演暢古文，初著大篆。」

張懷瓘《書斷》：「按大篆者，周宣王太史史籀所作也。或曰柱下史，始變古文，或同或異，謂之為篆。篆者，傳也。傳其物理，施之無窮。甄豐定六書，三曰篆書；八體書法，一曰大篆；又《漢書．藝文志》云：『《史籀》十五篇。』並此也。以史官製之，用以教授，謂之史書，凡九千字。秦焚書，惟《易》與《史篇》得全。案許慎《說文》十五卷九千餘字，適與此合，故先民以為慎即取此而說其文義。」

侯康《補後漢．藝文志》：「王育《史解書說》：班固〈藝文志〉，建武時亾六篇。唐元度云：『建武中，獲九篇。章帝時，王育為之解說，所不通者，十有二三。安帝年十歲，好學《史書》，和帝稱之，數見禁中。』注：《史書》，周宣王太史籀所作之書，凡十五篇，可以教童幼。《拾遺記》：『育字少君，家貧，美姿容，為人繕書，人愛說之，多與金錢衣服。後游太學，遂博通傳說，尤精《蒼》、《籀》。章帝時，官至侍中。』」

姚振宗《後漢．藝文志》：「王育《史籀篇解說》九篇：宋張文墨池編。唐元度論十體書曰：『周宣王大史史籀，始變古文，著大篆十五篇，秦焚《詩》《書》，惟《易》與此篇得全。逮王莽之亂，此篇亡失。建武時，曾獲九篇。章帝時，王育為作解說，所不通者，十有二三。』按王育始末無考。《說文》為禿、女、旡、醫字下，凡五引王育說，即是書。」

由上引漢以來載籍，皆謂《史籀篇》為周宣王太史籀所作，故王氏亦以為「二千年來無異論」。惟王氏有見於「古者讀書皆史事」，又以「古籀、讀二字同音同義」，遂假定《史籀篇》之首句為「大史籀書」，此乃王氏個人之臆想，並非客觀之事實。王氏據自己假設之前提，更斷言「漢人不審，乃以史籀為著此書之人，其官為大史，其生當宣王之世」。且以漢世俗儒誤認《倉頡篇》為倉頡所作，因舉以為誤認史籀作書之例證。夫自設前提，自下結論，實有違科學考證之精神，其說本不能成立。即姑如王氏之言，以「大史籀書」為《史籀篇》之首句，亦斷難指為漢人誤認作者之確證。蓋王氏所謂漢人，即校讎著錄之劉、班諸氏，王氏謂《倉頡篇》首句當為「倉頡作書」，而劉、班諸氏既未誤認為倉頡所作，則亦不致誤認大史籀書為大史籀所作之書；更不致毫無根據，貿然指史籀為周宣王之大史。夫向、歆、班固，皆漢代通儒，莫不殫見洽聞，而又富於實事求是之精神。試就《漢書・藝文志》（〈漢志〉實本於劉向父子）著錄各家著作，少加抽繹，即可見劉、班著錄群書，其考覈之精詳，態度之審慎，迥非後儒所及，烏可儕於漢世俗儒鄙夫迷誤粗率之列。今案〈漢志〉著錄諸家著作，凡標明作者姓名時代者，皆確有所本，決非憑空嚮壁虛造。故〈漢志〉所錄群書，凡闕作者之名者，則闕疑而不敢質言，如：

儒家，《內業》十五篇，云：「不知作書者。」

又，《讕言》十一篇，云：「不知作者，陳人君法度。」

又，《功議》四篇，云：「不知作者，論功德事。」

又，《儒家言》十八篇，云：「不知作者。」

道家，《道家言》二篇，云：「近世，不知作者。」

陰陽家，《衛侯官》十二篇，云：「近世，不知作者。」

又，《雜陰陽》三十八篇，云：「不知作者。」

法家，《燕十事》十篇，云：「不知作者。」

又，《法家言》二篇，云：「不知作者。」

雜家，《雜家言》一篇，云：「王伯，不知作者。」

有著作時代不詳者，則亦疑事毋質，徑言不知。如：

農家，《宰氏》十七篇，云：「不知何世。」

又，《董安國》十六篇，云：「漢代內史，不知何帝時。」

又，《尹都尉》十四篇，云：「不知何世。」

又，《趙氏》五篇，云：「不知何世。」

又，《王氏》六篇，云：「不知何世。」

他如：

《尚書》家，《周書》七十一篇，注云：「周史記。」

《春秋》家，《世本》十五篇，注云：「古史官記黃帝以來訖春秋時諸侯大夫。」

小說家，《青史子》五十七篇，注云：「古史官記事也。」

此皆向、歆、班固僅知為史官所記，而不知在周代何世，史官何名，故惟泛言「周史記」、「古史官」而已。其有作者傳說不同，而未能確定者，則亦兼存眾說，不敢輕下斷語。如：

儒家，《周史六弢》六篇，云：「惠襄之間。或曰：『顯王時。』或曰：『孔子問焉。』」

乃至所根據之材料，如有可疑，則必以疑似之語出之，如：

儒家，《景子》三篇，云：「說宓子語，似其弟子。」

又，《河間周制》十八篇，云：「似河間獻王所述也。」

道家，《太公》二百三十七篇，云：「呂望，為周師尚父，本有道者。或有近世。又以（規案：「以」疑「似」字之誤。）為太公術者所增加也。」

陰陽家，《五曹官制》五篇，云：「漢制，似賈誼所條。」

雜家，《孔甲盤盂》二十六篇，云：「黃帝之史。或曰『夏帝孔甲』，似皆非。」

又，《大命》（師古曰：命，古「禹」字。）三十七篇，云：「傳言禹所作，其文似後世語。」

小說家，《伊尹說》二十七篇，云：「其語淺薄，似依託也。」

又，《師曠》六篇，云：「見《春秋》，其言淺薄，本與此同，似因託之。」

由上略舉〈漢志〉著錄之情狀，已足覘向、歆、班固諸儒治學態度之謹嚴，不獨對前代著述之作者時代，言不知者不一而足。即當代之著作，亦不肯逞意必之談，輕下一語。如農家《董安國》十六篇，雖明知董安國為漢朝內史，然不詳其年世，故特注明「不知何帝時」。又如陰陽家《五曹官制》五篇，注云：「漢制，似賈誼所條。」劉、班諸人見五篇皆言漢制，揣度時事，認為乃賈誼所條陳。惟所據篇籍，未著作者之名，終不敢以個人之鑑定，亂客觀之事實，故特加一猶豫不定之「似」字，以表明為其個人之意見。其實據《漢書・賈誼傳》云：「誼以為漢興二十餘年，天下和洽，宜當改正朔，易服色，法制度，定官名，興禮樂，迺草具其儀法。色上黃，數用五，為官名，悉更奏之。」（王念孫曰：「『悉更奏之』，當依《史記》作『悉更秦之法』，秦、奏相似而誤，又脫法字耳。『色上黃』以下三句，皆是更秦之法，故言此以總之。若謂奏之於上，則但當言奏，不當言更奏也。師古所見本正作『更秦之法』，故云：『更，改也。』亦謂改秦法，非謂改奏。」規案：王說是也。然予疑此文但脫「秦之法」三字耳，「奏之」二字當存，奏之即條陳其事制也。）則正與誼條《五曹官制》之說合。劉、班所見，殆近事實，假令劉、班徑云：「《五曹官制》，賈誼所條。」後世誰能非之？然劉、班終不肯輕下一意必之語，亦可明其治學之謹嚴不苟矣。由此可知，〈漢志〉所著錄，每一著作，每一注解，皆根據確鑿之事實，加以記錄，絕無模糊影響、憑空揣測之談。即以小學類所著錄觀之：《倉頡》一篇，注云：「上七章，秦丞相李斯作。《爰歷》六章，車府令趙高作。《博學》七章，太史令胡母敬作。」此由漢興，合《倉頡》、《爰歷》、《博學》為一篇，劉、班據見本而析言之。又《史籀》十五篇，注云：「周宣王太史，作大篆十五篇，建武時亡六篇矣。」此則劉氏所見為足本十五篇。經王莽之亂，而班固所見僅九篇，是〈漢志〉所載《史籀篇》名作者皆本之劉氏也。大凡著作底本，必有作者姓名題識，故編藝文目錄者得據之而標明作者為誰某，篇數為若干也。其注明「不知作者」、「不知何世」之著作，必底本脫落作者姓名及題識者也。由此觀之，假令《史籀》十五篇，其底本無作者姓名題識，而是篇首句縱如王氏所云之「大史籀書」，向、歆諸人亦斷無憑此單文，即臆斷為大史籀所作之書，而又憑空揑造大史籀為周宣王之大史。衡之〈漢志〉著錄之例，如上來所舉，必當闕其作者之名氏時代，或則出以疑似詞，豈有纔觀首句，即為意必孟浪之談，至於此極哉！況史籀一名，於古書未見徵引，迥非墨家〈尹佚〉二篇之比。蓋「尹佚」即「史佚」，屢見於《左傳》、《國語》、《逸周書》諸舊籍，故〈漢志〉注云「周臣，在成康時」也。乃王氏拾舉漢世俗儒以《倉頡篇》為古帝所作一事，用為誤《史籀篇》乃史籀作之例證，猥以謹嚴淹洽之通儒，下儕迷謬悖惑之俗子，擬人失倫，未見其可。況漢世俗儒見《倉頡篇》中「幼子承詔」，因曰古帝之所作，其辭有神僊之術焉。蓋由黃帝、倉頡同時，又有黃帝乘龍上天之傳說，故為此謬說。若劉向諸人，校書天祿，竟橫指一不見載籍之人名，為周宣王太史，其荒謬無稽，不更甚於漢世之俗儒鄙夫耶？此王氏之說之萬萬不可通者也。或據《漢書．古今人表》有史留，（周壽昌說，「籀」之為「留」，古字通省，故史留即為史籀。）在豫讓之前，疑為六國時人。此亦未當，蓋此表屢經傳寫，紊脫尤多。原序有崇侯，張晏引有嫪毐，宋重修《廣韻》，「公」字注有齊大夫公幹、「士」字注有士思癸，《通志．氏族略四》有司褐拘，而今俱無之。《學林》引表桀在九等，張謂田單、魯仲連、藺相如五等，寺人孟子三等；《史通》謂陽處父四等，士會、高漸離五等，鄧三甥、荊軻六等，鄧祁侯、秦舞陽七等，俱與今異。其他標署譌複，時代乖違，均由於此，（本梁玉繩說。）是則縱認史留為史籀，而史籀之時代，必不可以人表名次為定。〈漢志〉一則云：「周宣王太史。」再則云：「《史籀篇》者，周時史官教學童書。」此舊史明文，炳如日星，最可依據者也。

復次，王氏謂籀文體勢，上承石鼓文，下啟秦刻石，與篆文極近，乃戰國時秦人通用文字，與東方六國所用文字體製殊異。因舉秦大良造鞅銅量文字全同篆文，而詛楚文摹刻本亦多同篆文，惟㱿、㚒、鼎、意四字則同籀文，證明籀文篆文為同一系統，而古文為另一系統。夷考其實，殊不如王氏所說。試即秦大良造鞅銅量觀之，銅量「大」字作大，大字即為古文，《說文》大字下云：「古文『大』也。」而籀文則作亣，《說文》亣字下云：「籀文，改古文。」是秦器用古文大而不用籀文亣也。再就詛楚文觀之，雖㱿、㚒、鼎、意四字同籀文，而「大」字十餘見，皆作古文大字。其他「求」字作求，亦同於古文；「玉」字作𤣩，「利」字作𥝢，皆與《說文》所載古文𤣩、𥝢相近。除王氏所舉大良造鞅銅量及詛楚文之外，秦器中之秦公𣪘，「事」字作𠦶，秦公鐘之「事」字作𠦶，皆與《說文》古文𠦶字相近。若觀察六國之遺文，其所用文字，亦復多同籀文，如東方齊國之𩍂鎛、陳侯午錞、國差𦉜之「四」，皆作亖；晉國之晉公𥂴，嗣子壺，「四」亦作亖；洛陽韓墓所出之韓壺銘文，「四」亦作亖。據《說文》所載，亖乃籀文。由此觀之，亦可知秦國文字常用古文，而東方諸國，亦復用籀文，是則王氏所謂秦不用古文之說，即其自舉之例，亦不能證成其說，而所謂籀文篆文與古文系統截然不同之說，自亦不能成立矣！

嘗試論之，中國文字，古籀、小篆之名，雖隨時代異稱，而其系統源流，本為一貫。史籀、李斯考正文字，皆重在整理舊文，而非創造新字。有史籀之整理文字，而後目史籀以前之文字為古文；有李斯之統一篆書，而後目史籀為大篆。其實古籀、秦篆一脈相承，本難遽分彼此。非如三種不同之文字，行於邦域之內，可以此疆彼界，截然劃分也。許氏所云「今敘篆文合以古籀」者，蓋據秦所行用言之。蓋秦所行用，雖古籀亦名篆文；秦所不用，始名古籀也。試即《說文》一書證之。《說文》之字，有已廢為古籀，而見於小篆偏旁者。有現為小篆，而見於古籀偏旁者。質實言之，此小篆即為組成此古籀以前之古字，故凡含有古籀之小篆，其小篆即古籀也。如：□為古文琩，□為古文玕，□為古文毒，□為古文咳，□為古文哲。□為古文君，□為古文兵，□為古文唐，□為古文周，□為古文吝，□為古文嚴，□為古文起，□為古文正，□為古文篚，□為古文近，□為古文造，□為古文遷，□為古文徙，□為古文道，□為古文遯，□為古文御，□為古文嗣，□為古文詩，□為古文謨，□為古文訟，□為古文譙，□為古文僕，□為古文與，□為古文農，□為古文鞀，□為古文孚，□為古文彗，□為古文肅，□為古文徹，□為古文睦，□為古文教，□、□皆為古文鷞，□為古文殪，□為古文腆，□為古文利，□為古文簠，□為古文磬，□為古文丹，□為古文阱，□為古文飪，□為古文簋，□為古文飽，□為古文矦，□為古文全，□為古文容，□為古文厚，□為古文舞，□為古文麓，□為古文棄，□為古文槃，□為古文櫃，□為古文賓，□為古文扈，□為古文貧，□為古文朙，□為古文邦，□為古文郊，□為古文夙，□為古文网，□為古文表，□為古文望，□為古文監，□為古文服，□為古文嚚，□為古文歙，□為古文次，□為古文旬，□為古文差，□為古文豫，□為古文驅，□為古文煙，□為古文光，□為古文赤，□為古文悟，□為古文恚，□為古文懖，□為古文恐，□為古文漾，□為古文巜，□為古文戶，□為古文閾，□為古文閔，□為古文聞，□為古文撻，□、□皆為古文弼，□為古文姦，□為古文絕，□為古文續，□為古文綫，□為古文蠭，□為古文蠡，□為古文蠢，□為古文蟊，□為古文堇，□為古文艱，□為古文勳，□為古文彈，□為古文毀，□為古文動，□為古文勅，□為古文協，□為古文鐵，□為古文鈕，□為古文隤，□為古文禼，□為古文禹，□為古文成，□為古文醢，此諸古文所含之偏旁，有「人」為籀文，其餘玉、目、旱、蕾、刀、子、亥、吉、収、干、昜、用、彡、叡、㲋、巳、足、飢、止、舟、告、手、西、米、寸、易、馬、又、司、之、莫、谷、肖、臣、叢、与、林、辰、亶、爪、習、聿、鬲、㞢、囧、孚、隹、壺、典、禾、夫、合、彡、丼、任、軌、匸、咠、食、矢、全、公、后、土、羽、彔、入、舛、几、般、完、山、分、月、田、枝、因、亡、𢊁、王、臥、㽕、今、酉、欠、𣏟、勹、亘、久、予、攴、區、垔、火、炎、心、既、銽、耳、工、養、川、戶、門、思、昏、達、弓、弜、弗、丝、庚、貝、泉、夅、象、戈、牟、黃、堇、喜、力、員、彊、殳、臼、重、甬、曰、十、金、夷、丑、賣、内、午、右、鹵、皿皆為小篆，此諸籀、篆既為構成古文之一份子，是諸籀、篆即古文也。又如□為籀文旁，□為籀文禱，□為籀文齋，□為籀文祟，□為籀文薇，□為籀文蓐，□為籀文薅，□為籀文嘯，□為籀文述，□為籀文歸，□為籀文韙，□為籀文逋，□為籀文速，□為籀文訇，□為籀文誕，□為籀文兵，□為籀文戴，□為籀文臧，□為籀文雞，□為籀文雛，□為籀文雕，□為籀文雁，□為籀文雎，□為籀文雁，□為籀文雒，□為籀文棄，□為籀文則，□為籀文㓝，□為籀文劒，□為籀文迹，□為籀文融，□為籀文餔，□為籀文饕，□為籀文侖，□為籀文牆，□為籀文栖，□為籀文員，□為籀文贛，□為籀文𤸇，□為籀文稷，□為籀文罝，□為籀文仿，□為籀文襲，□為籀文屋，□為籀文兒，□為籀文顏，□為籀文頌，□為籀文頰，□為籀文厂，□為籀文仄，□為籀文騷，□為籀文駕，□為籀文䆌，□為籀文烖，□為籀文𥂋，□為籀文覛，□為籀文霰，□為籀文鱣，□為籀文柩，□為籀文虐，□為籀文系，□為籀文蚳，□為籀文堵，□為籀文城，□為籀文銳，䤜為籀文陴，𠦃為籀文乾，𤔲為籀文辭，𩫖為籀文酸，牆為籀文牆，此諸籀文所含之偏旁，有兩、方、真、夂、齋、示、祟、艸、敚、茻、辱、嫥、欠、肅、辵、秝、帚、心、韋、捕、敕、勻、言、収、斤、戈、異、臧、鳥、奚、芻、周、雁、氏、戶、畲、華、刀、鼎、㓞、各、僉、朿、蟲、浦、食、虎、亼、來、㐭、不、章、貝、夅、兇、虘、丙、䨻、屖、豸、皃、彥、頁、容、夾、广、矢、乑、牛、黍、畐、巛、火、辰、見、矛、魚、舊、缶、絲、氏、𩫖、成、㓹、卑、乙、蜀、酉、畯、皿皆為小篆，此諸小篆既為構成籀文之一份子，是諸小篆即籀文也。由上所舉，有小篆同於古文者，有小篆同於籀文者，有小篆與古文、籀文並同者，其脈絡貫通，枝幹連結，蓋難分割。是古籀、小篆淵源一貫之關係，至為密切而明顯，則所謂籀文為西土通行文字，古文為東土通行文字，二者中畫鴻溝，若不相通者，其說又不能成立矣。

且《說文》正文，據「今敘篆文合以古籀」之語，似正文皆小篆，然全書之重文，往往有注明為篆文者，如：

> 譱　吉也。从誩羊。善，篆文从言。

重文善為篆文，則正文譱非篆文。按讟下云：「从誩，賣聲。《春秋傳》曰：『民無怨讟。』」此所引《春秋傳》乃古文《左氏傳》，是讟从誩為古文，則譱从誩亦古文也。《周禮》有譱字，《周禮》亦古文也。又：

> 斆　覺悟也。从教、冂，冂，尚矇也，臼聲。學，篆文斆省。（段注：此為篆文，則斆古文也。亦上部之例。）

䠶　弓弩發於身而中於遠也。从矢，从身。射，篆文䠶从寸。（段注：射者小篆，則䠶者古文，此亦上部之例也。）

亯　獻也。从高省，曰象孰物形。亯，篆文亯。（段注：後篆者，上部之例也。據元應書則亯者籀文。）規案：古文口中或注一。故篆文亯，古文作𦎫，篆文亯，古文作亯。然則亯蓋古文。

𦎫　孰也。从亯、羊。讀若純。𦎫，篆文𦎫。

市　韠也。从巾，从人。韍，篆文市，从韋，从犮。（段注：此為篆文，則知市為古文也。）

𣴎　水行也。从林、㐬。㐬，篆文从水。（段注：流為小篆，則𣴎為古文籀文可知。）

𣵀　徒行厲水也。从林、步。涉，篆文从水。

𩼞　捕魚也。从鱟、水。漁，篆文瀏从魚。（段注：後篆文者，亦先二後上之例也。）

𦐊　翄也。从飛，異聲。籀文翼。翼，篆文𦐊从羽。（段注：先籀後篆者，亦先二後上之例也。）

𦣝　頤也。象形。頤，篆文𦣝。（段注：此為篆文，則知𦣝為古文也。）𦣞，籀文从𩠐。

𨽍　陋也。从𨸏，𦒱聲。𦒱，籀文嗌字。隘，篆文𨽍，从𨸏、益。（段注：篆各本作籀，今正。𨽍，籀文也。隘，小篆也。先籀而後篆者，為其字之从𨸏自也。）

𨽿　塞上亭守燧火者也。从𨸏，从火，遂聲。燧，篆文𨽿省。（段注：此為小篆，則知上為籀文矣。）

由此可知《說文》之正文不盡為小篆而重文不盡為古文籀文。且有重文中標出古文，而正文仍可斷為古文者。錢大昕氏〈跋汗簡〉云：

《說文》所收九千餘字，古文居其大半。其引據經典，皆用古文說，間有標出古文籀文者，乃古籀之別體，非古文祇此數字也。且如書中重文往往云篆文或作某，而正文固已作篆體矣，豈篆文亦祇此數字邪？作字之始，先簡而後繁，必先有一二三，然後有从弋之弌弍弎，而叔重乃注古文於弌弍弎之下，吾以是知許所言古文者，古文之別字，非弌古於一也。

又王念孫〈書錢氏答問說地字音後〉（高郵王氏遺書《王石臞先生遺文》卷四）曰：

案《說文》全書之例，凡小篆與古文異者，則首列小篆而次列古文；其小篆與古文同者，則但列小篆而不列古文，以小篆即古文也。若此者凡十之八九；其與古文異者，不過一二而已。故《說文》天、地二字皆無古文，非無古文也，以小篆即古文也。惟籀文作墬字，與古文不同。（原注：〈說文敘〉云：宣王大史籀著大篆十五篇，與古文或異。）其作地者，則小篆之同於古文者也。不然，豈孔壁古文，竟無天、地二字乎？

如錢、王二氏之說，不獨可證明《說文》所包含古籀之多，抑尤足證明古籀、小篆為中國文字相承之正體。故就篆文多與籀文相同或相近者而言，則如王氏所言：「李斯以前，秦之文字謂之用篆文可也，謂之用籀文亦可也。」此其說可通者也。若就篆文多與古文相同或相近而言，如「二」為小篆，亦即古文；又《說文》□為正文，而重文有古文□及籀文□；證以口部「咳」云：「小兒笑也。」其古文作□，注云：「古文咳，从子。」是「孩」既為古文，則其偏旁所从之□，亦為古文明矣。是正文「子」與重文□皆古文，而秦世通行之小篆「子」字，乃承襲古文而來，與籀文□字相去轉遠。其他如「四」之古文作□，而籀文作亖；「則」之古文作□，而籀文作□，从鼎；「商」之古文作□，而籀文作□。皆小篆近於古文遠於籀文之證。且籀文中亦多有从古文偏旁者，如籀文「是」作𣊟，从古文正；速，籀文从敕从辵作遬，古文作𨘐亦从敕，皆籀文同於古文之明證。是小篆既本於古文，而籀文又同於古文，則王氏所云「至許氏所出古文，即孔子壁中書，其體與籀文、篆文頗不相近」者，其說又不可通矣。蓋古文籀文、小篆本中國文字一脈相承之正體，而王氏欲剖而二之，故極盡辯析之能事，而其說終難成立也。

至王氏謂《史籀》一書，諸儒著書口說未有及之者，此亦無可疑之處。蓋古書不見後儒稱述者多矣，即以李斯作《倉頡篇》而論，雖在《史記．秦本紀》及〈李斯傳〉中，亦並無一語及之，至於趙高作《爰歷》，胡母敬作《博學》，更無論矣。此由史家立言，有詳有略，初不足用以為疑，何獨致疑於遠在西周之《史籀篇》乎？向、歆父子考校群書，班孟堅綜錄藝文，根據舊聞，辨章源委，是以詳著史籀、李斯諸人整理文字之業績於《七略》、〈漢志〉，立言有體，固其宜也。至謂《籀篇》不傳於東方諸國，蓋亦有故。章太炎先生〈小學略說〉曰：

自倉頡至史籀作大篆時，歷年二千，其間字體，必甚複雜。史籀所以作大篆者，欲以整齊畫一之功也，故為之釐定結體，增益點畫，以期不致淆亂。今觀籀文，筆畫繁重，結體方正，本作𠙹旁者，重之而作𢀖旁；本作巛旁者，重之而作𡿧旁。較鐘鼎所著踦斜不整者，為有別矣。此史籀之苦心也。惜書成未盡頒行，即遇犬戎之禍。王畿之外，未收推行之效。故漢代發現之孔子壁中經，仍為古文，魏初邯鄲淳亦以相傳之古文書三體石經。至周代所遺之鐘鼎，無論屬於西周，或屬於東周，亦大抵古文多而籀文少。此因周宣初元至幽王十一年，相去僅五十年。史籀成書，僅行關中，未曾推行關外故也。

章氏之言，可謂深得當時情實，蓋宣王承厲王之亂，其始也，修內攘外，成中興之烈。迨天下稍定，而王志又荒，於是不藉千畝，料民太原，敗績姜戎，喪師南國，立魯侯不以適，殺杜伯非其罪，周道於是復衰。繼以幽王荒亂，犬戎入寇，遂覆宗周，泯棼板蕩，蓋亦甚矣。史籀整理文字，未知在宣王何年，要之在此動盪之五十餘年中，其不能推行及遠，斷可識矣。其不為諸儒傳誦，曷足異乎？是故就整理文字之歷程言，史籀實為一重要人物，然自教育政令言之，則遘周室傾覆播遷之際，自難望其澈底推行。

秦起西陲，據周京舊地，一切制度，自當承襲前規。文字語言，約定俗成，尤必因仍舊貫。考周孝王始封秦非子為附庸，傳至襄公，送平王東遷有功，始為諸侯。十二年伐戎至岐卒。傳子文公。據《史記・秦本紀》，文公十三年，初有史以紀事，民多化者。當春秋之世，秦與中國交通頻繁，與晉尤親，屢世姻婭，賑粟致醫，往還至密。當晉文出亡在秦，秦伯享之，公子賦〈河水〉，公賦〈六月〉。趙衰曰：「重耳拜賜。」公子降拜稽首，公降一級而辭焉。衰曰：「君稱所以佐天子者命重耳，重耳敢不拜？」（《左傳》僖二十三年）其後，楚滅吳，申包胥如秦乞師，秦伯使辭焉，曰：「寡人聞命矣。子姑就館，將圖而告。」對曰：「寡君越在草莽，未獲所伏。下臣何敢即安？」立依於庭牆而哭，日夜不絕聲，勺飲不入口，七日。秦哀公為之賦〈無衣〉，九頓首而坐。秦師乃出。（《左傳》定四年）其他盟會載書，施用至繁。秦、楚交惡，有詛楚之文；晉、秦不睦，有呂相絕秦之作。文告書移，從未聞東土、西土有文字不通之患。觀周穆作誓，載於《周書》；渭陽黃鳥，采於國風。故吳季札聘魯，請觀周樂，為之歌〈秦〉，曰：「此之謂夏聲。夫能夏則大，大之至也，其周之舊乎？」（見《左傳》襄公二十九年）由此可知秦與東方諸國，同秉宗周文物，其朝章國采，文辭同風，未聞有東土、西土之異，所謂「六藝之書，行於齊、魯，爰及趙、魏，而罕流布於秦」者，亦無據之言耳。

說者或又謂鐘鼎甲骨，皆商、周文字之真跡，校以《說文》所載，多參差不合。似足證明王氏鐘鼎甲骨乃商、周以來之古文，而古文、籀文乃戰國時東土、西土習用文字之說。是亦未諦。蓋考求古文字，不獨宜辨其時代，亦須明其體製。〈說文敘〉云：「自爾秦書有八體。」八體之中，大篆、小篆，乃教學之正體。經籍篇章，《史籀》文字，皆教者、學者講授誦習之資；至若隸書，供胥吏之用，故其體多省略以求便捷；而刻符、蟲書、摹印、署書、殳書，所以書幡信、備題識，故其體或屈曲繁變以求美觀。皆非文字之正體。惟古籀、小篆乃教學之文字，師師相傳，故可歷久而意義昭明。〈說文敘〉云：「《周禮》，八歲入小學，教國子以六書。」又云：「尉律，又以八體試之。」《周禮・大行人》曰：「王之所以撫邦國諸侯者，七歲屬象胥，諭言語，協辭命。九歲，屬瞽史，諭書名，聽聲音，正于王朝，達于諸侯之國。」〈曲禮〉云：「《詩》、《書》不諱，臨文不諱。」鄭《注》云：「為其失事正。」孔《疏》曰：「《詩》、《書》不諱，何胤云：『《詩》、《書》，謂教學時也。』臨文，謂禮執文行事時也。」《論語・述而篇》云：「子所雅言，《詩》、《書》執禮，皆雅言也。」孔曰：「雅言，正言也。」鄭曰：「讀先王典法，必正言其音，然後義全，故不可有所諱。禮不誦，故言執。」蓋古者師儒傳授學術，而文字乃其根本，故許沖上書云：「自《周禮》漢律皆當學六書，貫通其意。」據沖之言，不獨《周禮》保氏教國子以六書，即漢時試書，亦必須說解文字之意指。是則誦說經典，上自宦學事師，下至民間傳授，必鄭重丁寧，正其音讀，辨其點畫，通其義訓。孔氏丘明，皆以古文書經傳，宣王太史以《籀篇》教學童，其講習有成法固無論矣。即秦燔詩書，稱同一文字，而大篆為八體首，雖古文亦未盡廢。故秦權量及石刻並有廿字，《說文》說秦石刻有乁（古文及）字，廿與乁皆古文也。嶧山石刻或作「戎」，亦以古文甲省為十，沿舊未改。隸書「戎」、「早」、「卓」等字，悉依古文而變。是知古文、籀文之傳未嘗絕也。其在漢世篆刻，如開母廟石闕，正作𤴓，反作𠂆，視作眡，皆古文；則作𠞉，為籀文，不盡依小篆。其隸石見存與墨本之流傳者，略得百種。合之婁氏《字原》所摹，洪氏《隸釋》、《隸續》所錄，則二百六七十種，其間古文不損三十字，籀文不損二十字。常見者且勿論，如楊震碑風作颩，孔謙碣家作冡，鄭固碑、孔耽神祠碑、華山亭碑禮皆作礼，譙敏碑典作篻，（楊統碑、衡方碑作萛，變竹為艸。）高彪碑艸作屮，朱龜碑播作𢍰，桐柏廟碑獸作嘼，無極山碑曲作㇄，袁良碑絕作㡭，皆古文希見者。至如韓勑後碑、楊君石門頌、倉頡廟碑、景北海碑陰孟皆作盉（古文作𥁰），樊敏碑殺作殺，孫叔敖碑陰殺作𣪠，武梁祠堂畫像殺皆作𣪠（古文作𣒆），袁良碑、張遷碑哲皆作喆（古文作嚞），此雖稍有增損，然非習識古文者曷能為是。曹全碑癃作瘁，袁良碑勛作勳，劉修碑艱作囏，校官碑籩作𥰮，孔宙碑兵作兵，則作鼎，楊著碑秋作龝，楊統碑迹作速，皆籀文希見者。其餘如繁陽令楊君碑地作墜，無極山碑地作墜（籀文作墬），袁良碑、華山亭碑寤皆作𡪢（籀文作𥧓），非習識籀文者亦不能省作也。後漢書碑者多文俗吏，而能嫻習古籀文字者，蓋漢初以八體試吏，史籀未缺，大篆固易知，而太史掌集遺文古事，又主課八體，故古文則太史氏習之。太史公十歲誦古文，固傳其家學云爾。其在朝野，尚可博訪，則《七略》所謂問諸故老是矣。自秦焚書以逮景、武間河間王魯王得古文之時，纔七八十年耳。故老者何，當高惠、呂后朝，有婁敬、叔孫通、陸賈，固嘗識古文。其弟子雖不傳古文經，必有傳其字者；其餘郡國不遇之士，以古文轉相傳授，令百家書可得習讀，如賈祛之倫者，蓋什伯於此。景、武間孔安國說《古文尚書》，桓公說《古文禮》，《逸書》多二十四篇，《逸禮》多三十九篇，此不能以他本對校者。獻王於《周官》，安國於《論語》亦然。今其存者，唯《尚書》數篇難讀，《周官》、《論語》悉明白如家人言。是無他，則由先問故老，不決則問太史，非以臆穿鑿故然也。《春秋古經》及《左氏傳》十九萬言，張蒼以授賈生，遂為訓故。計賈生在漢廷得事張蒼，纔一歲所耳。是時《公羊》未著竹帛，雖經文猶無可對核，而況於傳。一年之中，張蒼為賈生說十九萬言，此豈字字講畫之哉？亦通其假借，辨其國邑世系云爾。所以傳授如此其速者，賈生生高帝中，計其父知文字，當在秦焚書以前。其所事吳公，少嘗師事李斯，知文字亦在秦焚書前。是以賈生之於古文，豫有所從受也。（略本《太炎文錄續編・漢儒識古文考》）由是可知古籀文字，雖經暴秦，而終未廢絕。漢興以後，太史考試於上，故老傳習於下，猶能維繫不墜。及後少衰。故《漢書・藝文志》謂：「《蒼頡》多古字，俗師失其讀，宣帝時，徵齊人能正讀者，張敞從受之。傳至外孫之子杜林，為作訓故。」〈說文敘〉言：「孝宣皇帝時，召通《倉頡》讀者，張敞從受之。涼州刺史杜業、沛人爰禮、講學大夫秦近亦能言之。孝平皇帝時，徵禮等百餘人，令說文字未央廷中，以禮為小學元士，黃門侍郎揚雄采以作《訓纂篇》。凡《倉頡》已下十四篇，凡五千三百四十字，群書所載略存之矣。」《漢書・王莽傳》云：「元始四年，徵天下通一藝，教授十一人以上，及有《逸禮》、古《書》、《毛詩》、《周官》、《爾雅》、天文、圖讖、鍾律、月令、兵法、史篇文字通知其意者，詣公車令，記說廷中。」許稱爰禮等百餘人說文字未央廷中，正其時也。此可見小學不修，尉律不課，而古籀文字仍綿世不絕。許慎作《說文》，自云博采通人，至於小大。

而子沖上書云：「先帝詔侍中騎都尉賈逵修理舊文。」又云：「臣父本從逵受古學。」又云：「慎博問通人，考之于逵，作《說文解字》。」考《後漢書・賈逵傳》：「逵字景伯，父徽從劉歆受《左氏春秋》，兼習《周官》。受《古文尚書》于塗惲，學《毛詩》于謝曼卿。作《左氏條例》。逵悉傳父業，弱冠能誦《左氏傳》，為之《解詁》五十一篇。永平中，獻之。顯宗重其書，藏祕館，拜為郎。肅宗好《古文尚書》、《左氏傳》，建初元年，詔逵入講北宮白虎觀、南宮雲臺。帝使出《左氏》義長于二傳者，逵具條奏之。數為帝言《古文尚書》與經傳《爾雅》詁訓相應，詔令撰《歐陽》、大、小《夏侯尚書》古文同異，逵集為三卷。帝復令撰《齊》、《魯》、《韓詩》與《毛詩》異同，並作《周官解故》。八年，詔諸儒各選高才生受《左氏》、《穀梁春秋》、《古文尚書》、《毛詩》，遂行于世。和帝永元八年為侍中，領騎都尉，內備帷幄，兼領祕書近署。十三年卒。」此傳述逵修理舊文如此之詳。而沖表言：「慎博問通人，考之於逵，作《說文解字》，六藝群書之詁，皆訓其意。」由是可知，《說文》一書，以小篆為質，而益以古文及奇字大籀及其異體，實萃集倉頡造書以來迄於漢世教學文字之大成。其說解則引據諸說稱名者數十家，所引六藝群書標名者亦數十種。蓋自先秦、兩漢師儒解說文字之資料咸萃於斯。是許慎撰《說文》實集周、秦、兩漢史氏、師儒所傳之文字及其解說，故一點一畫，厥意可得而說。古人誦習考試皆以是為準。此為中國文字之正體。蓋其可貴，不獨在保存自古相傳古籀、篆書之字形，而亦在保存自古相傳解說此字形之歷史資料。良以文字無論為象形寫意，要不能脫離歷史根據而任意解釋。假使見一圓形之文字如「⊙」，衡以六書，自可目為象形，然圓形之物至夥，或為圓環，或為滿月，何施而不可？假使見一橫畫之文字如「一」，衡以六書，自可目為指事，然橫形之物亦夥，或為木簪，或為草薦，又何施而不可？此必在造此圓形、一形之字之時，已經無數人公認，乃能確定「日體」、「一數」之意義。荀卿有云：「名無固宜，約之以命，約定俗成謂之宜，異於約則謂之不宜。」荀卿所謂「名」，即為文字；約定者，獲民意之公認；俗成者，有歷史之根據。故捨歷史之根據而憑主觀解釋文字，未有不陷於穿鑿附會者也。此許君解說文字，必本舊書雅記通人之說，而不敢參絲毫臆說於其間，其故在此。是《說文》所載之古籀、篆文，皆三代以來有歷史根據解說之教學文字，斷不可與施於徒隸、書於幡信、鏤於金石甲骨之變體文字等量齊觀。故甲骨彝器文字，雖殷、周以來之古文字，然其應用之事物不同，各有體宜，或取美觀，或便鐫刻，其體自因之而異。試取商代之金文與商代之甲骨文字相校，即判然殊絕，此由文字因器而異體，吾人斷不可謂為商代之兩種不同文字也，孔氏壁中古文，其實物縱或在甲骨彝器之後，然其文字則自古初典籍相傳之正體。師儒解說皆視為依據。捨此則中國文字傳統之根據，將一切撥棄泯絕而無所是正，雖研究甲骨彝器亦蕩然失其所守，無所折衷。由是則日日誦說皇古之文字，亦將與人用己私之俗學同其歸極。王氏徒見所標明古文、籀文二三百許字之異體，遂遽斷為古文與籀文全體之異。又以為「《史籀》十五篇，文成數千，而《說文》僅出二百二十餘字，其不出者必與篆文同」，不知漢世所傳古文經傳自《左傳》、《尚書》等文辭累萬，去其複字，亦必數千，而《說文》亦僅出四百餘字。（《說文》所載古文，多有或體，如簋字，古文从匚飢作𠥍，或从軌作匭，或从木作朹。去其複體，亦僅三百許字。）據王氏之推論，則《說文》所不出者，亦必古文與篆文同者也。實則據《說文》所載篆、籀、古文，互相推校，如上來所舉，知篆、籀、古文本同源共體，正當言九千餘文，泰半相同，其古文、籀文異者皆僅各二三百字。王氏以先有古文、籀文異體之成見，遂創為籀文非西周時書，而史籀亦非人名之異說。而不知其太史籀書之假定，全為無根之論，舉證雖多，適陷於臆說而不自覺。王氏又多見古器物文字，取以《說文》所標舉古籀二三百字相比較，遂創為古文為戰國時東土文字，籀文為戰國時西土文字之異說。而不知文字施用之對象不同，其體自因之有異，不當取以妄相比傅。即如商代甲骨，固為古文字，然以用之貞卜，契刻於甲骨之上，其干支名字，文多從省，如「甲」多作「十」，「王」多作「工」，豈得謂十、工為甲、王之正體？商周金文，亦屬古文字，然以用之器物，字多文飾，故王子匜之「子」字作□，越王矛之「王」作□，又焉可謂□、□為子、王之正體耶？即以今日事實觀之，通俗登記戶籍文字，其省易至不可究詰，而典質票據之文字，其繁變亦幾至不能辨識，又焉能取與刻書教本之文字相比較，而謂某為此區，某為彼區通行之異體文字耶？此則運用比較，似合於科學方法，而不知擬不於倫；比其所不當比者，又適陷於臆說而不自覺也。王氏名高學博，創為推倒二千年來文字系統之新說，世方靡然從風，然而違反事實，似彌近理而愈亂真，用是不辭僭越，草成斯篇，以求正於當代通人，方來君子云爾。

國學導讀

邱燮友、周何、田博元／編著

《國學導讀》是一部國學入門的工具書，計收國學科目六十四種，分為五大門類；其中每一門類，都是當今各大專院校中文系或國文系所開設的課程；每一導讀，包括了該科的領域、主要的內涵、前人研究的成果、當今的現況，以及未來的開展、主要的參考書等。不只是中文系或國文系學生必讀的書籍，也是愛好中國學術、中國文學者，作為治學鑰典、自修津梁的最好選擇。每一門類，每一導讀，均請著名的學者執筆。其珍貴，在結合當前國內外漢學或國學界的精英，集其數十年教學研究的心得，用最簡潔的文字，報導該科的內容；其精華，在每一字每一行間，都是經驗和智慧的累積。因此該書，猶如一座漢學的寶庫，國學的萬里長城。

詩經正詁

余培林／著

本書探求《詩經》各篇詩義，以該篇詩文為主，而以前人之說為輔。無私於古今，不偏於憎愛，而惟是是求，此其第一特色也；本書注釋詩文，多採前人之說，其有己意，則以《詩經》前後文互證（即以經解經）為主，而以語法、聲韻、禮制等為輔，此其第二特色也；本書如用前人之說，必採用最早出者，並註明其出處，以使讀者明其根源，且免掠人之美，此其第三特色也。束縛既多，自是艱苦備嘗，然為求真求是，心所甘焉；但恐求美不成，反增其醜。知音君子，幸垂教焉。

佛學概論

林朝成、郭朝順／著

本書以佛教的發展史為經，基本義理為緯，呈現佛學思想的概念與流變。內容依佛陀的基本教法、緣起思想、心識論、無我思想、佛性思想、二諦說、語言觀、修行觀、慈悲觀、生死智慧與終極關懷等十個主題，闡釋佛教的觀念史脈絡與宗教旨趣。

本書通盤地介紹佛學思想，同時也反映了當代佛學的研究成果，讀者可以透過本書適切地了解佛教義理，並藉以重新檢視自己所知的佛教信仰內容。

詩經評註讀本

裴普賢／編著

本書共分上、下二冊，依十五國風，小雅、大雅，周、魯、商三頌順序排列。各單位之前，冠以扼要之說明；各篇篇名之後，先作小序性之簡介；各章原文之後，加以注釋，採集解態度，不拘一家之說，可直解者多採直解，就各篇本文探求其本義，並力求簡明，不作詳細之考證，實為輕鬆一窺《詩經》堂奧的最佳讀本。此外，特別蒐羅自漢以來歷代學者之評析，附錄中更有珍貴的詩經地圖、星象、動植物、器物、衣冠等圖片，不僅使讀者對《詩經》有更深入的理解與欣賞，也是研究《詩經》不可或缺的工具書。

現代散文

鄭明娳／著

本書為作者長期研究現代散文之系列著作之一，然與作者前此各種理論著作不同，避免談論玄奧之文學理論，特從各種不同角度切入現代散文核心、以散文實例分析文章之優劣，讀者可以全面認知現代散文諸種風貌，亦可單篇鑑賞散文特色。文字深入淺出，足以引導初學者進入現代散文堂奧，亦可為研究者參考運用，書中實例與分析並列，尤適合教學講授之用。第一章簡介現代散文之名義與性質，讀者如需進一步理解，宜輔以作者《現代散文類型論》閱讀，第二章分析感性與知性在散文中的成份，第三、四章分別就現代散文之內在與外觀，提供讀者進入散文各種參考門徑，第五章為散文與其他文類間之關係，為現代散文發展中值得重視之重要現象之一。

中國文學概論

黃麗貞／著

本書是一本論述中國從古到今各種文學體類的著作。全書分九章，首先說明中國文學的定義和特色；其他八章，涵蓋詩歌、散文、楚辭、賦與駢文、小說、詞、散曲、戲劇等八大類文學，精確詳盡地論介其涵義特質、形式內容與發展過程中所產生的變化與流派，並選擇名家的代表作詮釋欣賞。經過這樣精詳妥善的論述，中國各類文學發展的源流、脈絡與歷史，作家在所處身的時代、社會中所感發的情懷思想，所凝結成的各種文學作品成就，便非常清晰明白的呈現在讀者的眼前。作者又將自己研究的心得新見，融入各章節中。這是一本內容最充實的《中國文學概論》，是中文系學生及研究、愛好中國文學人士都要一讀的好書。

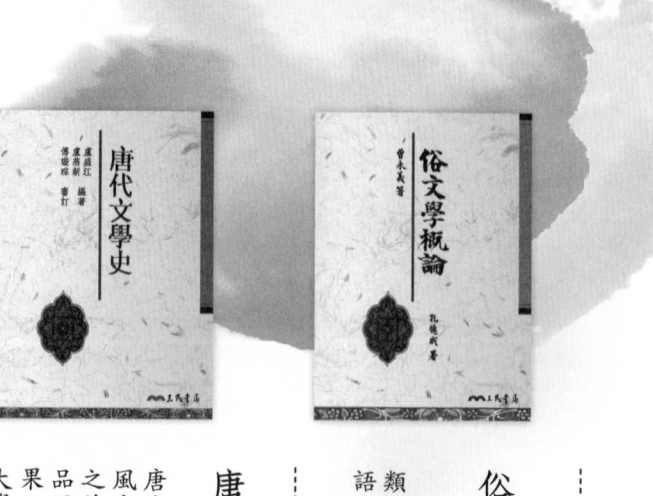

聲韻學

林燾、耿振生／著

在國學的範疇裡，「聲韻學」一向最為學子所頭痛，雖然從古至今，諸多學者、專家投身其中，引經據典，論證詳確，然或失之艱深，或失之細瑣，或失之偏狹；有鑑於此，本書特別以大學文科學生和其他初學者為對象，不僅對「聲韻學」的基本知識加以較全面的介紹，更同時吸收新近的研究成就，使漢語音系從先秦到現代標準音系的演變脈絡清楚分明，各大方言及歷代古音的構擬過程簡明易懂，堪稱「聲韻學」的最佳入門教材。

文獻學

劉兆祐／著

本書旨在討論文獻的內涵及其相關問題，以提供中文系所學生及文化界關心文獻者參考取資。本書作者在各著名大學研究所講授「文獻學」長達四十年，本書即就其講稿增訂而成。全書分〈導論〉、〈圖書文獻〉、〈非圖書文獻〉、〈文獻的整理〉、〈重要的文獻學家〉等五章。從事文史研究工作，文獻之充足與否，常是決定研究成果品質的重要因素。如何掌握文獻？如何考辨文獻？如何精確徵引文獻？如何以非圖書文獻印證圖書文獻？如何整理文獻？讀畢本書，必能獲得正確的認識。

治學方法

劉兆祐／著

本書旨在為研治文史學者提供正確的治學方法。作者在大學中國文學系（所）任教長達三十餘年，所講授課程，多與研究方法及文史資料之討論有關，教學經驗豐富，且著述繁夥。本書即就其課堂講稿增訂而成，全書共分〈緒論〉、〈治學入門之必讀書目〉、〈研讀古籍的方法〉、〈善用工具書〉、〈重要的文史資料〉、〈治國學所需具備的基礎知識〉、〈撰寫學術論文的方法〉等七章，大抵治文史學者所應知的方法，都已論及，適合大學及研究所同學閱讀。如能讀畢此書，必能獲得治學的正確途徑。

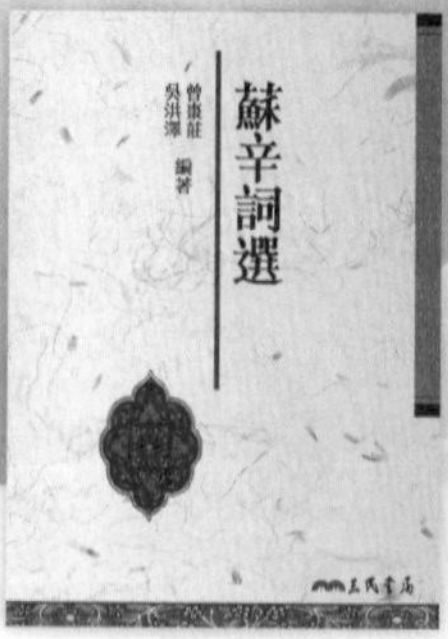

蘇辛詞選

曾棗莊、吳洪澤／編著

本書共選錄蘇軾詞七十四首、辛棄疾詞八十七首。每首詞下分注釋、賞析、集評，注釋力求簡明地闡釋原文，賞析注重對寫作背景、思想內容與藝術風格的點評，集評則匯聚歷代對該詞的主要評論。前有〈導言〉，末附蘇辛詞總評、蘇辛年表。本書入選作品，以豪放詞為主，同時也兼顧其他風格的代表作，以期展現詞壇大家不拘一格之風範。蘇、辛置身於矛盾交織的社會環境中，深受政治漩渦衝擊，每每貶官、賦閒，他們是不幸的；但在文學藝術的天地中，他們卻奏出了時代的最強音。本書緊扣這一時代背景，剖析入微，在展現蘇、辛獨特風格之外，也力圖再現其心靈的歷程。是將學術性、資料性與鑑賞性集於一體的難得佳作。

地方戲曲概論

曾永義、施德玉／著

本書是坊間首次對「地方戲曲」全面論述之著作，內容包羅古今與兩岸，綱目周延而詳備。全書共十三章，完整論述古今地方戲曲之形成與發展徑路、劇目題材與特色、主要腔系及小戲大戲之音樂特色、戲曲與小戲大戲之藝術質性、戲曲與小戲大戲角色之名義分化及其可注意之現象、大陸重要地方戲曲劇種簡介、臺灣地方戲曲劇種說明，並深入考述臺灣南北管戲曲與歌仔戲之來龍去脈，兼及大陸戲曲改革、戲曲與宗教之關係、歷代偶戲概述、臺灣跨文化戲曲改編劇目等問題之探索。注釋詳明，論述井然，可供學者參考，亦可作初學之津梁。

國文教學法

黃錦鋐／著

本書為作者數十年教授語文教學法的心得，歷經多次修訂，其中有理論、有實務，說明語文教學方法的發展方向。理論部分包括傳統的語文教學法，及西洋引進的教學法，有吸收、有批評、有突破，提出實用教學法的理論根據。在教學實務方面，倡議教師在傳授學生知識的同時，更應該重視學生從吸收知識的過程中，體悟出前人的智慧，改變呆板、機械、背誦、記憶的教學法，提供學生思考的空間，以達到創造的境地。實為教師及自學青年參考、自修的良好讀物。

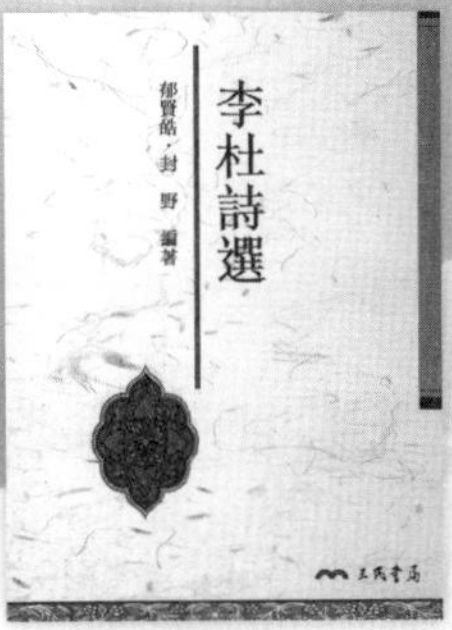

李杜詩選

郁賢皓、封野／編著

李白和杜甫是唐代最偉大和最受讀者喜愛的兩位詩人，千餘年來，他們的優秀詩篇不僅在中國膾炙人口，也在世界各國為人們所傳誦。本書選錄兩人最具有代表性的詩篇各七十五首，按其寫作年代編排，並作詳細的注譯與精闢的賞析。同時每首詩都附有集評，匯集了歷代詩歌評論家的藝術鑑賞和評論，讀者既可以從中得到思想和藝術的教育與高品味的美感享受，又保留了自我理解與賞析的廣闊餘地，可說是一本最適合雅俗共賞的李杜詩歌讀本。

國家圖書館出版品預行編目資料

中國文字學／潘重規著.－－三版一刷.－－臺北市:
三民，2022
面；　公分.－－（國學大叢書）

ISBN 978-957-14-7471-7（平裝）
1. 漢語 2. 中國文字

802.2　　111009154

國學大叢書

中國文字學

作　者	潘重規
發行人	劉振強
出版者	三民書局股份有限公司
地　址	臺北市復興北路 386 號 (復北門市) 臺北市重慶南路一段 61 號 (重南門市)
電　話	(02)25006600
網　址	三民網路書店 https://www.sanmin.com.tw
出版日期	初版一刷 1977 年 2 月 二版二刷 2008 年 11 月 三版一刷 2022 年 8 月
書籍編號	S800050
I S B N	978-957-14-7471-7

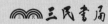